落暉の兆

無茶の勘兵衛日月録20

浅黄 斑

時代小説
二見時代小説文庫

落暉《らっき》の兆《きざし》——無茶の勘兵衛日月録20

目次

『落暉《らっき》の兆《きざし》――無茶の勘兵衛日月録20』の主な登場人物

落合勘兵衛《おちあいかんべえ》……越前大野藩江戸詰の御耳役《おみみやく》。主君の参府に従い故郷より江戸に戻る。

園枝《そのえ》……勘兵衛の新妻。越前大野藩大目付・塩川益右衛門《しおかわますえもん》の娘。

落合孫兵衛《おちあいまごべえ》……勘兵衛の父。藩内の騒動に巻き込まれ失脚も、後に藩の目付に登用される。

松平直明《まつだいらなおあきら》……前の越前大野藩主・松平直良《なおよし》の嫡男。幼名左門《さもん》。襲封《しゅうほう》が許され藩主となる。

松平直堅《まつだいらなおかた》……福井藩主だった松平光通《みつみち》の隠し子。大叔父松平直良《なおよし》の尽力により大名並に。

松田与左衛門吉勝《まつだよざえもんよしかつ》……越前大野藩の江戸留守居役。落合勘兵衛の上司。

酒井雅楽頭忠清《さかいうたのかみただきよ》……権勢を極める幕府大老。越前大野藩にとって天敵のような存在。

伊波利三《いなみとしぞう》……勘兵衛の親友。松平直明の付家老から江戸家老見習いへと出世。

塩川七之丞《しおかわしちのじょう》……勘兵衛の幼き頃よりの親友にして、妻・園枝の兄。江戸屋敷小姓組頭となる。

稲葉美濃守正則《いなばみののかみまさのり》……老中より大政参与(大老格)となる。日頃より勘兵衛の働きを評価している。

田辺信堅《たなべのぶかた》……稲葉家江戸留守居役を務める相模小田原藩家老。

堀田正俊《ほったまさとし》……若年寄から老中となり、大老酒井忠清の専横に挑む。

大岡忠種《おおおかただたね》……大目付。水面下で幕府大老・酒井の横暴に敵対。勘兵衛の理解者。

竹下侃憲《たけしたただのり》……榎本其角《えのもときかく》と名乗る、芭蕉の弟子。勘兵衛とは気脈を通じる放蕩三昧の若者。

縣小太郎《あがたこたろう》……越前大野藩を致仕《ちし》し江戸へ。勘兵衛の助力で松平直堅家に仕官が叶った若者。

越前松平家関連図（延宝6年：1678年7月時点）

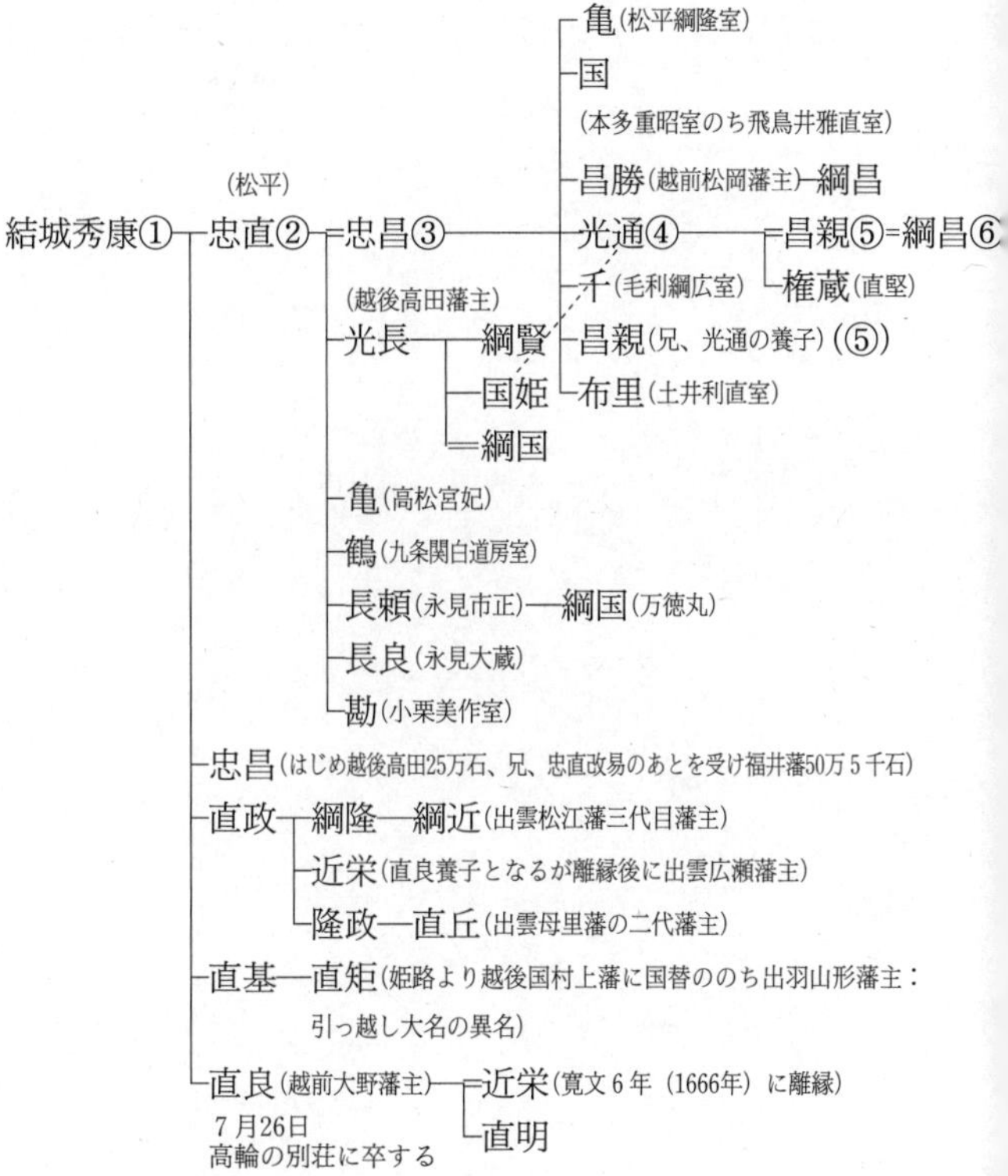

註：＝は養子関係。○数字は越前福井藩主の順を、------は夫婦関係を示す。

伊波利三《いなみとしぞう》の縁談

1

落合勘兵衛《おちあいかんべえ》が身重の妻を連れ、越前大野《えちぜんおおの》に帰郷したのは、延宝《えんぽう》七年（一六七九）の十月五日のことであった。

妻の園枝《そのえ》と付女中のおひさは、実家である御城下、柳町《やなぎまち》の塩川《しおかわ》家屋敷へ、勘兵衛と若党の新高八次郎《にいたかはちじろう》は、父母の住む清水《しみず》町《ちょう》の屋敷に入った。

とはいえ勘兵衛は、日に一度は塩川家を訪ねては園枝を労《ねぎら》っている。

幸いにして園枝は健勝で、日に日に子が育っていく様子も見て取られ、勘兵衛の心持ちはいつになく平らかであった。

思えば勘兵衛の帰郷は、二年半ぶりのことである。

先の帰郷は、まだ若殿であったころの松平直明《まつだいらなおあきら》が、病を得て参府できずにいた亡き大殿を見舞った折のことだ。

しかし、その背後では、直明の密殺を謀《はか》る越後高田藩《えちごたかだはん》の策謀が渦巻いていた。

その陰謀を事前に察知し得た勘兵衛は、囮《おとり》の直明行列を仕立てる、という奇策で道中をしのぎ、忍び目付の服部源次右衛門《はっとりげんじえもん》一統や、信を置く目付衆の助力によって、暗殺団の駆逐《くちく》に成功した。

だが、当の直明自身や、ほとんどの御重役さえも、そのような謀《はかりごと》や暗躍があったことなど、いまだに知らずにいる。

暗殺団討伐の際に城内に響き渡った銃声は、藩主を慰める花火の音だと説明されたが、国家老の斉藤利正《さいとうとしまさ》は、さすがに訝《いぶ》かしんだ。

そこで忍び目付の服部源次右衛門が、入手していた証拠の密書などを開示して、

――越後高田の光長《みつなが》さまの、無体なる恨みを買って、刺客が放たれたと聞き及んだ福井の光通《みつみち》さまの隠し子が、逐電《ちくでん》ののちに我が殿がお匿《かくま》い申し上げたことは、すでにご存じよりのとおりでございます。その隠し子が殿のご尽力により、将軍に拝謁して備中守に任じられ、直堅《なおかた》と名乗って我が御一門と認められたこともまた然《しか》り。

しかしながら、ここに越後高田との確執が生じ、その逆恨みから此度《こたび》は、一部の跳

ね返り者の一味によって、我が藩に向けられたようでございます。すでに一味全員を誅殺して、秘密裏に始末いたしてございますゆえ、御家老さまもご追認をいただきたく、また、事が公となって大きくなりませぬよう、あくまで御家老さまの胸ひとつにお納め下されたくお願い申し上げます。

と、縷縷《るる》説き分けて斉藤利正を納得させていた。

だが、その国家老も知らぬことが、数多《あまた》にある。

その策謀の裏には、権勢を極める幕府大老、酒井忠清《さかいただきよ》の影や、越後高田藩内部の別の思惑があったこと、などだ。

それゆえ、事の次第は秘中の秘、その全容を知るのは、江戸留守居役の松田与左衛門《まつだよざえもん》と直属の部下である勘兵衛に、忍び目付の服部源次右衛門の一統のみにて、勘兵衛の父親ですら、ほんの一部分しか知らずにいたし、藩主はもちろん、御重役なども、ほとんどが蚊帳《かや》の外の暗闘であったのだ。

（要は、あれは帰郷というより、戦《いくさ》であったのだ……）

今さらながらに当時のことを思い起こし、今回の平穏な帰郷を心ゆくまで嚙《か》みしめる勘兵衛であった。

帰郷後の勘兵衛は、そこかしこの知辺《しるべ》への挨拶まわりに忙しい。

そのような日日が半月ばかりも続いていたが、親友の伊波利三とも、塩川七之丞《しちのじよう》とも顔を合わせる機会は巡ってこなかった。

両人とも国帰り中の、越前大野藩二代目当主となった松平直明と城内にいる。

伊波は江戸家老見習、塩川は小姓組頭という役職にあって、殿の国帰りに従ってきたのだ。

そんななか、勘兵衛は父の孫兵衛《まごべえ》に誘われて、園枝の安産祈願のため飯降山《いふりやま》の麓地の篠座《しのくら》神社に出かけて、雲海に浮かぶ見事な天空の城を眺め得た。

奇《く》しくもその日、その亀山城《かめやまじよう》に江戸よりめでたき知らせが届いていた。

江戸は愛宕下《あたごした》の上屋敷において、直明の正室、仙姫《せんひめ》が十月十三日に男児を生《な》して、母子ともどもに健やかであるという。

明けて十月二十一日の早朝、勘兵衛は庭の落ち葉を踏みしめながら、帰郷後もたゆまず続けている剣の素振りに励んだ。

日日の落葉の量は、日数《ひかず》が過ぎるにしたがって数を減じ、落葉樹に残る枯れ葉も残り少なくなっている。

勘兵衛の日課が終わるのを見計らったように、

「ちと、よいか」

父の孫兵衛が庭先で呼び止めた。

五十歳になった父の鬢《びん》には、少し白いものが目立ってきた。

「はい」

「ま、縁側ででも話そう」

「は」

父子二人、濡れ縁に腰掛けた。

「ほれ」

いつもなら、若党の八次郎が準備する濡れ手拭いを、父が差し出す。

「おそれいります」

受け取って、勘兵衛は汗を拭った。

「単刀直入に言えば、丹生彦左衛門《にうひこざえもん》どののことだ」

「はて？」

丹生彦左衛門は大野藩の物頭《ものがしら》、物頭というのは軍の長で、彦左衛門は槍組の頭《かしら》の役職である。

で、あるとともに、勘兵衛の烏帽子親《えぼしおや》でもあった。

烏帽子親とは武家社会において、元服の儀式を執り行なう役で元服親とも呼ばれる。

ゆえに勘兵衛は、今回の帰郷で、まず真っ先に挨拶に向かっている。

父が言う。

「いや、たいしたことではないのだがな。いささか気になることがあったのだ」

「と、申しますと？」

「うむ。二月《ふたつき》ばかり前のことじゃが、彼岸《ひがん》で父母の墓参りに出かけたときに、彦左衛門どのとばったり出会うての」

「善導寺《ぜんどうじ》でございますな」

勘兵衛も、故郷にあったときは墓参りに同行した寺である。

「さよう」

善導寺は寺町にある浄土宗の寺で、勘兵衛にとっては父方の祖父母の墓があった。

先祖代代の墓は福井にあるのだが、我が落合家は先君の松平直良《なおよし》に伴い、木本《このもと》、勝《かつ》山《やま》、そしてこの大野へと次次に移住してきたため、代代の墓とはいつしか疎遠になっていた。

「彦左衛門どのの親御の墓もまた善導寺にあるのでな。せっかくのことゆえ久方ぶりに酒でも酌み交わそうか、ということになって、こおろぎ町の小料理屋に向かったのだ」

「さようでございましたか」

かつて、風伝流《ふうでんりゅう》の祖である中山新左衛門《なかやましんざえもん》という武芸者がいて、この大野で中山道場というのを開いていた。

その道場主は、今は美濃大垣《みのおおがき》藩に召し抱えられているが、父と丹生彦左衛門は、その中山道場での同門で、槍の彦左に柔《やわら》の孫兵衛と称されていたことは、勘兵衛も耳にしたことがある。

「酒を酌み交わしながら、昔日の思い出話などをしていたのだが、そのうち、おまえの話になってな」

「ははあ……」

「そのうち彦左衛門どのが、おまえには大きな恩がある、と言われて、珍しく涙ぐまれてなあ」

「…………」

「さて、やつがれの倅ごときに、どのような恩がおありか、と尋ねたら、彦左どのは少し狼狽されて、いやいや酒が過ぎたようじゃ。今漏らしたことは忘れてくれ、と言う」

「…………」

「ま、それ以上は尋《き》かなんだが、その後は、喉の奥に小骨が引っかかったような心地がしておるのだ」

「さようでございましたか」

「ま、おまえの役目である御耳役《おみみやく》というのは、藩の機密にも関わって、たとえ親にでも話せぬこともあろう、とはわかっておるのだがなあ……」

勘兵衛はしばしの沈黙のあと、決心をつけた。

「どうやら、わたしの知らぬところで、父上の心を煩《わずら》わせてしまったようで、まことに申し訳ございません」

「なんの。話せぬことなら、無理に聞こうとは思わぬのだが……」

「いえ、いえ。それほどの大事ではございません。父上の胸に納めていただけるのなら、お話をいたします」

「うむ。他に漏らしたりはせぬ」

「実は……」

2

「有《あ》り体《てい》に申せば、丹生新吾《しんご》に関わることでございます」

勘兵衛がまず口火を切ると、

「やはり、そうか。そうではないかと当て推量はしておったのだ」

四年前、当時は若ぎみであった直明の小姓であった丹生新吾と、若殿付家老であった小泉長蔵《こいずみちょうぞう》の二人は、新吉原において闇に葬られた。

だが藩内では両名ともに失踪、という扱いになっている。

勘兵衛は重い口を開いた。

「ふむ。その両名のことなら。わしが目付役を拝命する際に国家老たちが教えてくれた。両名とも若ぎみに阿諛《あゆ》すること甚だしく、そのままでは御家が危うくなりそうゆえ、ひそかに粛清された、と聞いておる」

「そのとおりです」

「実際に手を下したのは、忍び目付だったそうだが？」

「はっきり、そうとはお答えできませんが、ま、表向きには失踪したきり消息不明ということで……」

「あい、わかった」

「では新吾の一家のことについては、どれほどまでをご存じでしょうか」

「うむ。同じ頃、御納戸役《おなんどやく》であった丹生文左衛門《ぶんざえもん》の家族が城下から姿を消したことは知っておる。おそらくは丹生新吾がらみであろうと噂されたが、その後のことは知らぬ。文左衛門一家の逐電で、彦左衛門どのは、しばらく蟄居《ちっきょ》なされた」

新吾の父である丹生文左衛門は、丹生彦左衛門の腹ちがいの兄であったが、庶流ゆえに丹生本家は彦左衛門が継いだのだ。

「実は……」

奥歯を嚙みしめたあと、勘兵衛は吐露した。

「詳しい経緯《いきさつ》は省きますが、新吾のご両親に弟の兵吾《へいご》さんの三人は、新吾と同役であった林田久次郎《はやしだきゅうじろう》と、江戸にて落ち合ったのでございますが……」

「ふむ。林田久次郎……。たしか、普請奉行の林田久左衛門《きゅうざえもん》の次男ではなかったか」

「さようで」

「これも、斉藤家老から聞かされたのだが、その久次郎は小姓役を解かれたあと、しばらくは江戸に逗留して、学問を修めたいとのことじゃったが……なあ。いまだに戻ってはこぬようじゃ」

「学問云云《うんぬん》は口実でございましょう。包み隠さずに申し上げますと、林田久次郎は丹生新吾の情人でございました」

「じょうにん……？」

「衆道《しゅどう》の契《ちぎ》りを結んだ仲でございます。いわゆる若衆《わかしゅ》と念者《ねんじゃ》。久次郎は新吾の若衆であったのです」

「なんと……なあ。こりゃあ驚いた」

孫兵衛は、ぽかんとした表情になった。

若衆と念者とは、念者が兄分にあたり、若衆が色子にあたる。

「実は、小泉長蔵、丹生新吾の遺体は、身元不明の仏として、吉原会所《よしわらかいしょ》の計らいで三《み》ノ輪《のわ》の浄閑寺《じょうかんじ》に葬られたのでございますが……」

「そうなのか」

「はい。久次郎は、それを突き止めたあげくに……。はい。話せば長くなりますが、新吾の仇は、このわたしだと曲解をいたし、仇《かたき》を取ろうとしたようでございます」

「なんと……」

「細部はまたのこととといたしまして、結局のところ久次郎は、丹生文左衛門ご一家の三人ともども、江戸のならず者たちの手にかかり、非業の最期を遂げてございます」

「なんじゃと！」

孫兵衛は悲痛な声を上げたきり、沈黙した。

勘兵衛は、再び重い口を開いた。

「まことに哀れとしか申せません。実はせめてもの供養にと思いまして……」

丹生新吾の遺体と、一家三人に、久次郎を加えた五体を浄閑寺の墓地の片隅に寄せて、小さな塚を建てたことを勘兵衛は告げ、

「塚石には〈水分塚《みくまり》〉と彫らせました」

「みくまり……？」

「は。水を分けると書いて、〈みくまり〉と読むそうです。〈丹生〉の苗字は使えませんが、丹生神社の祭神とされる丹生都比売《にうつひめ》は、水分の神とも言われているそうで……いや、実のところ、これは義兄……塩川七之丞の知恵を借りました」

「ふうむ……」

孫兵衛は、ひとしきり唸ったのちに尋ねてきた。

「すると、その一件、七之丞さんも知っているということか」

「はい。七之丞のみならず、伊波利三も知ってございます。あとは、わたしと江戸留

守居の松田さまのみ……」

ふっと溜息をついて、勘兵衛は続ける。

「しかし、丹生新吾には叔父にあたり、丹生文左衛門どのには異母弟にあたり、わたしには元服親にあたる丹生彦左衛門さまに対し、人の情として、とても隠し通すことなどできませぬ。それゆえ三年前の帰郷の折に、彦左衛門さまには、すべてを申し上げて、水分塚の在処《ありか》をお教えしておきました」

「そういうことだったのか。なるほど彦左衛門どのが恩義を感じるはずだ」

父は、大いに納得した口調になった。

「ただ、そういったことが明らかになれば、おのずと殿の面目にも関わりますし、林田久次郎の実家にも累が及ぼうかとも思われ、これまで口外をせずにまいりました」

「さよう。普請奉行の林田久左衛門どのも立場を失おうの。いや、それにしても勘兵衛。供養の塚を建ててやるなど、まことに良きことをしたなあ」

「いえ、幼少のみぎり、丹生新吾にはいささかの恩もございまして……。なにより、思いもせぬ成り行きだったとはいえ、丹生一家はまことに気の毒なことでございました」

「そうよのう」

と、孫兵衛は天を仰ぐ。

空を見上げる父に、勘兵衛はことばを継いだ。

「父上にまで、いろいろと秘密を抱えて、まことに申し訳ない次第です」

「なんの。お役とは、そのようなものじゃ。気にするでない。ところで浄閑寺というたか。小泉長蔵は、今もそこに葬られているのか」

「卒塔婆《そとば》一本があるだけの、名無しの墓でございます。いずれは無縁墓のほうに移されましょう」

「小泉家には恨みがあるが、そう聞くと、なにやら哀れじゃのう。そうだったか……」

父の孫兵衛は、しばし口を閉ざしたのちに──。

「どれ、そろそろ朝餉《あさげ》の時間じゃ。城下がりののちに、その……、細部というのかもそっと詳しい経緯《いきさつ》も聞いておきたいものだが……」

「承知しました」

越前大野藩の勤務体制は、番方（軍事畑）を除いては〈三日勤め〉、すなわち二日出勤して一日の休み、幕府同様に〈四ツ（午前十時）上がりの八ツ（午後二時）下がり〉が基本であった。

3

父の登城後に、勘兵衛は塩川家を訪ねて妻の園枝と団欒の刻を過ごし、そののちは帰宅して父の下城を待った。

「なあ、八次郎」

このところ、手持ちぶさたにしている若党の新高八次郎に声をかけ、

「きょうも、さしたる用はない。小遣いをやるゆえ、城下でもぶらついてきてはどうだ」

「そりゃあ、まことにありがたい次第で……」

大喜びの八次郎に、

「以前にも言うたが、買い食いはいたすな」

釘を刺す。

「持ち帰ってのち、部屋で頂く分にはよいのですね」

「そういうことだ。夕餉までには戻るようにな」

と、追加の釘も刺した。

やがて父が、用人兼若党の望月三郎《もちづきさぶろう》とともに城下がりをしてきて、勘兵衛は母の梨紗《りさ》と一緒に玄関口に父を出迎えた。

望月三郎は、父の百石に勘兵衛の百石を加えて落合家が二百石の家となったため、体面上から三年前に雇い入れた、大野藩家士の三男で三十一歳、まことにおとなしい男であった。

ついでに言えば、望月は落合家用人の職を得たのち妻帯して、妻の百合《ゆり》と二人玄関先の用人部屋で暮らしている。

望月夫妻の他にも落合家には、下男の忠次《ちゅうじ》と、下働きのはつを含めて三人の使用人がいるのだ。

「のちほどな」

父が勘兵衛に言って居間に消えた。

やがて望月がやってきて、

「旦那さまがお呼びです」

「承知した」

勘兵衛が居間に向かうと、すでに普段着に着替えた孫兵衛は、愛用の六角如信煙管《にょしんきせる》で一服しているところだった。

「実はきょう、八ツ半（午後三時）ごろより、若ぎみご誕生の祝宴が、蓮見亭《はすみてい》で催されることになってな」

蓮見亭は二ノ丸曲輪《くるわ》にある蓮池の南端に建てられた、いわゆる泉殿《いずみどの》で、南には飯降山を遠望できる。

「父上は、参席なさらずともよいのですか」

「なに、祝宴というても、殿さまの御近習と御重役方だけの小さな宴じゃ。そうそう、津田《つだ》家老は、蟇目鳴弦《ひきめめいげん》の儀礼を執り行なうために、今朝のうちに江戸に発ったそうだ」

誕生儀礼として平安時代にはじまった〈鳴弦の儀〉は、矢をつがえずに弓の弦《つる》を鳴らして、魔よけと邪気を払う。

一方、〈蟇目の儀〉というのも同様の儀式であるが、こちらは鏑矢《かぶらや》を放って音を響かせるものだ。

その名の由来は、鏑《かぶら》に明けられた穴が蟇《がま》の目に似ているからとも、〈響き目〉が縮《つづ》まったもの、とも言われている。

「でな……」

孫兵衛は、コンと煙草盆の灰吹きに煙管の雁首を叩いて煙草の灰を落とし、

「夕刻には祝宴もお開きとなり、伊波利三……いや伊波家老見習か……。そんなことはどうでもよいな。それに塩川七之丞の両名とも、両三日ばかり屋敷に戻ることが許されたそうだ」

「そうなのですか」

「うむ。利三どのが言うには、明日あたり、七之丞とおまえの三人で集まりたいとの伝言があった」

「願ってもないことです」

語り合いたいことは、多多あった。

「あすにも、使いを出すとのことだ」

「それは楽しみです」

「では、今朝の話に戻るが、いま少しばかり詳しゅうに教えてもらえるか」

「承知いたしました」

応じて勘兵衛は、

「その前に、ひとつお尋ねしたいことがございます」

「なんだ」

「小泉長蔵の御妻女は、たしか大名分である津田富信《とみのぶ》さまの娘御でございましたね」

「ああ、弥生《やよい》さまという。やはり、そのあたりが気がかりか」

「はい。いささか」

勘兵衛が討ち果たした山路亥之助《やまじいのすけ》のことで、津田家老の恨みを買ったらしいことを思えば、やはり気がかりだ。

津田家老の娘が亥之助の母、また津田家老の従兄で大名分の津田富信の娘が小泉長蔵の妻という、輻輳《ふくそう》したしがらみに懸かった身としては、いささか案ずるところもあった。

「気を揉むことはない。長蔵が失踪したのち、小泉家は弟の長二郎《ちようじろう》が相続し、弥生さまは幸いに子もなかったゆえ籍を抜いたのちに、尾張《おわり》藩の家臣のもとへ嫁がれた」

「え、尾張藩に……ですか」

「そうだ。津田家と我が藩との絡みについては、存じておろう」

「はい。先の大殿の御母堂が奈和《なわ》さま。両津田家とも、その奈和さまの同胞《はらから》の家系でございましょう」

「さよう。もう少し詳しゅうに言うと、奈和さまの父君は津田信益《のぶます》さまというての。そのご長男が津田信総《のぶふさ》というて、これが大名分津田富信さまの父だ。次男の信清《のぶきよ》さまは美濃部《みのべ》家に養子に入り、三男の信勝《のぶかつ》さまが津田家老信澄《のぶすみ》さまの父ということだ」

「名までは覚えておりませんが、だいたいのところは聞き知っております」

「そうか。釈迦に説法だったかもしれんな。ところで先ほども申したが、家老分の津田信澄さまが、先に言うた信勝さまの御次男だということは、もちろん存じておろう」

「え、信勝さまの……」

なんだか頭がこんがらがってきた。

「要するに、津田家老の兄は直信《なおのぶ》というてな。こちらは尾張藩の家臣になっておるのだ」

「いや。それは、思いもよらず……」

「そりゃそうだろう。おまえが生まれる、ずうっと以前のことだからなあ」

「なるほど、そのような縁《えにし》から、ええと、弥生さまは尾張へと嫁がれましたのか」

「そういうわけだ。ま、そういうことだから、そちらのほうは懸念に及ばぬ」

「いや。少しばかり気楽になりました」

「なに、おまえのことだ。自分のことより、わしのことを気遣っておったのであろう」

「とんでもございません」

とは答えたが、在府の勘兵衛としては、津田両家と常に顔をつきあわせるであろう、父のことが心配だったことは確かだった。

「では、本題に戻しましょう」

「おう。頼むぞ」

長い話になりそうだった。

4

そして翌日の昼下り――。

勘兵衛は塩川七之丞と一緒に、伊波家に利三を訪ねた。

塩川家や伊波家がある柳町は、三ノ丸外曲輪の侍町にある。

特に百間濠《ひゃっけんぼり》東の柳町や、その南に位置する代官町《だいかんちょう》は、いずれも上級武士の屋敷が建ち並ぶところだ。

「それにしてもおもしろいものだ」

道すがら七之丞が言う。

「利三は伊波家の三男坊なのに、兄弟のうちで一番の出世頭になるとはなあ」

「星まわりというのは、不思議なものだ。思えば、俺が今の役職につけたのも、利三のおかげだと思う」

「うむ。俺たちが今や縁戚同士というのも、また奇《く》しき星まわりかもしれぬなあ」

「よほどの縁で結ばれていたようだ」

と、勘兵衛は、しみじみ思う。

七十石から一時は三十五石まで落とされた勘兵衛の家が、今や父が百石、自分が百石と二百石の家にまで上ったのも、伊波利三の存在が大きい。

勘兵衛が、初めて利三に出会ったのは、九歳で後寺町《うしろてらまち》にある夕雲流《せきうんりゅう》の〈坂巻《さかまき》道場〉に入門したときだった。

二歳上の利三は兄弟子《でし》だったが、勘兵衛と妙に気が合って、いつしか二人でつるんでいたものだ。

その利三が左門ぎみ（現在の直明）の児小姓にあがり、やがて江戸に発つまでの四年間である。

勘兵衛には弟がいるが兄はいない。一方、利三のほうには二人の兄がいるが、弟がいない。

そんなことが、そうとは気づかぬままに互いを惹き寄せて、まるで兄弟のようにむつませていたのかもしれない。

一方、七之丞とは同い歳で、城下の家塾や道場の同期で知り合い、七之丞の姉が伊波家の嫡男に嫁いでいた縁もあり、両人ともが勘兵衛の親友となったのだ。

ところで、伊波家の嫡男は利一《としかず》といい、使番《つかいばん》の役職にある。

次男の利二郎《としじろう》は、百五十石の石川《いしかわ》家に養子に入り、台所奉行を務めていた。

そして三男が江戸家老見習というのは、巡り合わせとはいえ、きわめて異例のことなのだ。

「昼間からなんだが、久方ぶりのことだ。酒でも酌み交わそうではないか」

勘兵衛たちを迎えた利三が、微笑みながら言う。

父親に似て美丈夫《びじょうふ》の利三は二十六歳だが、貫禄がついてきた。

「まずは勘兵衛、いよいよ父親になるのだな。いや、めでたいことだ」

そう利三が口火を切って、

「七之丞にとっては、初の甥っ子か姪っ子ができるというわけだ。まずは祝杯といこうではないか」

利三の姉の滝《たき》は、七之丞の兄の重兵衛《じゅうべえ》に嫁いでいたのだが、子を生《な》さないまま重兵衛が亡くなった。

その滝は、その後に塩川家の籍を抜けて、この伊波家に戻っている。

しばし歓談が続き、

「それはそうと、弟御の藤次郎《とうじろう》さんは陸奥福島《むつふくしま》だったか、ずいぶんと遠くに移ったそうだな」

利三が言い、七之丞もことばを添える。

「藤次郎さんは、この八月に里帰りしたそうだが、あいにく我らは殿のお供で福井を訪問しておってな。ついに藤次郎さんとは会えずじまいだったのだ」

「そうだったか。陸奥福島への転封の次第については聞いたか」

「おおよそのことは、父上から聞いておる。それにしても、大和郡山《やまとこおりやま》藩の主を暗殺した支藩の本多政利《ほんだまさとし》に、なんのお咎めもないとはあまりのことだ、と利三ともども憤っておったのだ」

幼い頃から勇み肌だった七之丞が声を荒げた。

「なにしろ政利には、水戸家や大老という後ろ盾があるからな。下手《へた》をすれば、支藩のほうが本藩を飲み込む危険さえあったのだ。そんなところ、若年寄の堀田正俊《ほったまさとし》さまが老中に上がられて、幕府執政の絵柄が変わったという僥倖があり、かろうじて生き残ったというところだ」

「そうなのか。いや、さすがに御耳役だ。我らが知り得ぬ天下の情勢に通じているとは、さすがだ。しかし、腹は立つ」

利三も、珍しく気色《けしき》ばんだ。

「なに、本多政利には、いずれ天罰が下ろうと俺は読んでいる。それより、殿のお供で福井を訪問したという話を、詳しく聞かせてくれぬか」

本多家の運びは秘事にも関わることなので、勘兵衛は話題を変えた。

利三が答えた。

「越前福井藩は、越前松平家の本貫《ほんかん》の地ゆえに、初の国帰りをした殿は、ぜひにも訪問をいたしたいと望まれたのだ」

「なるほど……」

越前福井藩においては、五代目の藩主となった松平昌親《まさちか》の後継問題で家士たちが、三派に分かれてゴタゴタが続いた。

そんな紛争を抑えきれず、昌親は僅かに二年で隠居し、甥である綱昌《つなまさ》が養嗣子となって六代目藩主の座に着いている。

だが実際のところは、昌親が院政を敷いて藩政の実権を握っていると、勘兵衛は見立てていた。

さらにはその昌親が、あろうことか酒井大老や越後高田藩の松平光長《みつなが》と手を結び、我が大野藩に仇なそうとした。

だが、その事実を利三や七之丞は知らない。

勘兵衛としては、第三者としての両人の目を通した、福井藩内の感触を知りたかった。

七之丞が口を開いた。

「まず訪れたのは、坂井郡田谷村《たのたにむら》にある大安寺《だいあんじ》だ」

「ふむ。たしか、越前福井藩主の永代墓所であったな」

かつて家塾で教えられたことを思い出しながら、勘兵衛は尋ねた。

「そうだ。二十年ばかり昔に、四代目藩主の松平光通公が創建された寺で、とりあえずは浄光公《じょうこうこう》(結城秀康《ゆうきひでやす》)の御廟《ごびょう》に詣った」

結城秀康は徳川家康の次男で、越前松平家の祖であった。

「その永代廟所というのが、実に見事なものだった。〈千畳敷〉と呼ばれているらしいが、福井特産の笏谷石《しゃくだにいし》が実に千三百六十枚も敷き詰められておってな。普段は青緑色だが、水に濡れると青色に変じる。もっとも御廟は浄光公と、自死なされた光通公の二基のみだったがな。二代目の忠直卿《ただなお》は配流先の豊後《ぶんご》の浄土寺に、三代目の忠昌《ただまさ》公は永平寺《えいへいじ》に墓所があるゆえにな」

学問好きの七之丞らしく、解説までついた。

「で、福井城にはのぼったのか」

「いや、藩主の綱昌さまも国帰りされていたので、ご挨拶しようとしたのだが、城には上げてもらえなかった」

利三が、悔しさを滲ませるように言い、

「だが綱昌さまには、藩主別邸の御泉水《ごせんすい》屋敷にて、お目にかかった」

「ははあ、御泉水屋敷か。たしか福井城の北、水上に浮かぶように建つ屋敷だそうだな」

ちなみに、この御泉水屋敷というのは、福井市大手三丁目にある〈養浩館《ようこうかん》庭園〉のことである。

「お、ずいぶんと詳しいではないか」

「いや、そうと、耳にしたことがある」

実は勘兵衛、その屋敷のことは稲葉《いなば》老中の家老である田辺信堅《たなべのぶかた》から聞いたのであるが、うっかりとは話せない。

勘兵衛は続けて尋ねた。

「前藩主の昌親さまとも会えたのか」

利三が首を振る。

「いや。隠居の昌親さまは、江戸屋敷におられるということだ。応対に出てきたのは笹治大膳《ささじだいぜん》という御家老であったが、昌親さまは隠居後に、名を元の昌明《まさあき》に戻したと聞いた」

「そうか。で、現藩主の綱昌さまとは、どのような人物であった？」

「どのような、と言われてもなあ」

利三がことばを濁し、七之丞を見た。

代わって七之丞が言う。

「ま、我が殿の若いころと、おっつかっつというところか。なにしろ、まだ十九歳だから、あんなものかもしれぬ」

「とはいえ、藩主の座に着いて、すでに四年が経とうとしている。それなりの抱負というか、志《こころざし》みたいなものは感じられなかったのか」

「ない、ない。政《まつりごと》には、まるで関心がないようだ。ただ特別に奇矯というほどではなかろうが、少しく昂《たか》ぶるところがあって、能やら舞やらについては、目を異様に輝かせて熱弁をふるうふうがあった」

「ほう……」

「それから、やたらに茶を飲んでは汗を拭う。よほどの暑がりか、汗っかきだな」

「ふうん」

のちのちになって勘兵衛は気づくのだが、このときすでに綱昌は、唐渡《からわた》りの阿片《あへん》中毒であったかもしれない。

5

そうこうするうち、

「そういえば、越後高田藩の騒動は、ずいぶんと長引いていたようだが、まだ決着はつかずにいるのか」

と、利三が尋ねてきた。

「御家門の松平直矩《なおのり》さま（播磨姫路《はりまひめじ》藩主）や、松平近栄《ちかよし》さま（出雲広瀬《いずもひろせ》藩主）たちが、永らく仲裁に奔走されていたが、一向に収拾がつかず、とうとう幕閣にて裁定が下されることになり、騒動の当事者たちに出府命令が下ったあたりまでは聞いておるが、どう決着がついたかまではわからぬ」

次には七之丞が口を開き、

「要は、権力を一手に握る筆頭家老の小栗美作《おぐりみまさか》一派と、それに反発する御家門の永見《ながみ》大蔵《おおくら》や、糸魚川《いといがわ》城代である荻田主馬《おぎたしゅめ》らの権力闘争なんだろう」

「一言で言えば、そういうことだろうが、ずいぶんと根は深いようだ」

と、それに関して、勘兵衛は多くを語れない。

なにしろ、その騒動の火種を仕込み、裏側から工作したのは、我が大野藩の忍び目付であったからだ。

もっとも、あれほどの大騒動にまでなったのは、小栗美作の奢《おご》りが多大な反感を買っていたのだろうし、男の妬みというのは馬鹿にならない、ということだ。

永見大蔵の存在を策士の小栗美作は、騒動が始まる以前の、ずいぶんと早くから危ぶんでいたようだ。

そこで厄介者の永見を、大老と謀って福井の前藩主であった昌親までを抱き込み、我が大野藩の後継者に押し込むことを企んだ。

それこそが、二年半前の直明暗殺未遂の真相なのであったが、利三も七之丞も、そこまでは知らない。

「ま、福井にしろ、越後高田にしろ、藩内における内輪揉めというのは、百害あって一利なし。我らも気を抜かずに警戒せねばならぬな」

勘兵衛は、再び話題を変えた。

「うむ。そのことだ」

するとと意外にも、利三が反応した。

「なにか、あるのか」

「いや、内輪揉めというのではないのだがな……」

利三が言いよどむ。

すると七之丞が言う。

「津田家老の件だろう」

勘兵衛が問う。

「なにか、あったか」

「ほれ、弥四郎谷《やしろうだに》銅山の開発と、その鉱毒の始末で財政が逼迫《ひっぱく》し、八十石以上の俸禄を一割減としただろう」

「うむ」

「そのことについて、津田家老が言うには、これは明らかに失政ゆえ、その責任の所在をはっきりさせるべきだ、と殿に直言なされてな。まずは自分が責任を取って、今年いっぱいで隠居をいたしたいと、申し出られたのだ」

「津田家老の隠居については耳にしましたが……、失政の責任を取って、との頭書《かしら》きがついていたとなると、ふむ……」

勘兵衛は、しばし考えたのちに――。

「暗に、国家老はじめ、ほかの年寄たちの責任も求める……とは受けとめられませんか」

「そういうことだ」

利三が言い、続けた。

「殿におかれては、隠居の儀は好きにいたせ。ただし、失政云云《うんぬん》については、余に判断はつかぬゆえ、年寄たちで諮《はか》ったのちに上申するように、と答えられた」

「というより、利三の回答であろう」

「ま、一応、殿より相談を受けたのでな」

と、にやりとした。

「問題は、津田家老に、なんらかの腹づもりがあるかどうかだな」

「気をつけてはおるが、その後に動きはないゆえ、なんとも言えぬな。そうそう、もうひとつ、津田家老からは、来年より先祖の織田《おだ》姓を名乗りたいとの請願があり、これは許された」

「ほほう。つまりは、津田家老が隠居され、御嫡男の信春《のぶはる》さまが家老になる。そのときには、新たに織田家老が誕生するということだな」

家老が隠居した場合、その嫡男がそのまま家老職を世襲することは稀だが、津田家老の家は代代家老職が約束された特別の家であった。

「そういうことになるな」

利三が顎を引いた。

「ふうむ」

元もとが織田姓であったのを津田と改姓したのは、尾張犬山城《いぬやまじょう》の城主であった津田家の先祖が、織田信長に反旗を翻した末に敗退し、逃亡した末の改姓であった。

だが、それから百年は経っている。

(それゆえ、復姓に疑わしい点はないはずだが……)

だが、津田家老が失政の責任を持ち出し、続いての復姓願いと重ねると、なにやら気にかかる。

「ところでな」

伊波の口調が変わった。

「実は、俺の縁談がほぼ決まったようだ」

「お、まことか」

七之丞が驚いたような声を出し、

「二六時中、一緒におるというに、まるで知らなんだ。水臭いやつだ」

「まあ、そう言うな。はっきり決まってからと思うておったのだ」

勘兵衛も言う。

「利三も二十六になるからな。そろそろではないかと思っていたのだ。いや、それはめでたい。で、いずこのご息女だ」

「物頭の美濃部信照《みのべのぶてる》さまの娘御で、美代《みよ》どのというて十六歳だ」

「なに、美濃部信照さまの……。ふむ……」

勘兵衛は昨日の父との会話を思い起こし、

「美濃部信照さまというと、もしや津田家老の、ええと……」

「従兄にあたるな。信照さまの亡き父君だった信清さまが津田家老の兄で、当時の国家老であられた美濃部才兵衛《さいべえ》さまの家へ養嗣子で入られた、と聞いておる。元は千石の家だったそうだが、信清さまの病死によって家督を継ぐにあたり、信照さまは二人の弟に、それぞれ二百石ずつを分け与えて、今は六百石の家になっておる」

「そうなのか」

伊波の家も重臣の家だが、元は七十石の家だった勘兵衛にしてみれば、別世界の話に思える。

「ふうむ。なるほどなあ」

元もとが家格がちがうのだ、と勘兵衛が思っていると、七之丞が妙に納得したような声音を出した。

「なにが、なるほどなあ、だ」

勘兵衛が問うと、

「いや、いや。利三の御父上、仙右衛門《せんえもん》さまの深慮遠謀に感心しているのだ」

「はて？　深慮遠謀とは、なんのことだ」

勘兵衛には訳が分からない。

「家の盛衰は閨閥《けいばつ》にある、ということだよ」

「ははあ？」

勘兵衛が不得要領な声を出すと、利三が言う。

「七之丞、やめぬか」

「いやいや、こやつ」

七之丞が勘兵衛を見る。

「公儀《おかみ》の情報などには詳しいが、肝腎の国許の体制については、からきし疎《うと》いようだ。この際、教えてやらねばならぬ」

　利三も苦笑した。

「いいか。勘兵衛。藩の御重役、いわゆる年寄役というのが執政と呼ばれて、政《まつりごと》や人事を決定するのだ」

「それくらいは知っておる。家老職が三人、その下に家老御仕置《おしおき》役が五人、その八人がいわゆる年寄役であろう」

「もうまちがえておる。八人ではない。先《せん》に乙部《おとべ》家老が出雲に移ったゆえ、残るは七人ではないか」

「あ、うっかりしておった」

　なるほど、御耳役という役目柄、藩外の情勢にばかり目配りをしてきた結果、藩政については七之丞の言うとおり不案内であった、と勘兵衛は反省した。

「すなわち、両津田家に斉藤家、間宮《まみや》家、美濃部家、小泉《こいずみ》家に、伊波家の七家が年寄の家格であると同時に、家老職を拝命できる家柄、いわゆる家老筋の家であるわけだが、知ってのとおり間宮家老は江戸におる。となると、この国許の執政は……？」

「六人……お、先ほど家の盛衰は閨閥にある、と言うたな」

勘兵衛はめまぐるしく考えた。

両津田家と美濃部家は、明らかに閨閥で結ばれている。

小泉家も、かつては津田家と閨閥で結ばれていたが、小泉長蔵の失踪によって、その縁は切れた……。

武家の婚姻というのは、勘兵衛と園枝のような例は珍しく、たいがい両家の当主の意向によって結ばれる。

「そういうことか……」

ようやく勘兵衛も腑《ふ》に落ちた。

伊波仙右衛門は、美濃部家から嫁を取ることで、利三の今後を盤石《ばんじやく》のものにしようとの思惑があったようだ。

「おい、七之丞」

苦笑いしながら利三が言う。

「我が縁談を、そんなにあからさまに言うではないぞ。閨閥ばかりととられては、俺の立つ瀬がない」

「そりゃあ悪かった」

七之丞が首をすくめた。

無駄の勘兵衛

1

二日が経った十月二十五日、朝からちらほらと初雪が舞ったが、積雪までにはいたらずに降り止んだ。

この日、勘兵衛はいつものように園枝と歓談したのち、塩川家を出た。

（さて……）

帰省当初こそバタバタしたが、すでに二十日ばかりも経つと、もうこれといってやることもない。

勘兵衛は、退屈をしはじめている。

実のところ七之丞から藩政について疎すぎると言われ、自らも猛省した勘兵衛は

——。

（我が役向きは耳役ゆえに……）

この国許にても、いろいろと情報を集めるべきか。

きのう一日、つらつら考えてはみたのだが——。

（いや、どうもいかん）

なにしろ勘兵衛、三歳のときには雪に埋もれ、五歳では湧水池で溺れ、七歳では最《さい》勝寺《しょうじ》の大楠《おおくすのき》に登ったはいいが下りられなくなり、九歳では水かさを増した清滝川《きよたきがわ》をおよそ半里も流された。

一年おきに騒ぎを起こす勘兵衛は、無茶をしでかす小童《こわっぱ》との評判が立ち、ついには〈無茶の勘兵衛〉と呼ばれて、城下では誰知らぬ人もないほどの有名人になった。

つまりは面が割れてしまっている勘兵衛に、江戸でのように、忍びやかに噂を集めることなど叶わぬ、と結論した。

なにより国許の情勢については、詳しく聞き出せる当てがある。

まずは父、それから園枝の父である大目付の塩川益右衛門《ますえもん》からは、上層部について。

姉の詩織《しおり》の夫、つまりは義兄で徒《かち》目付の室田貫右衛門《むろたかんえもん》からは、中間層について。

そして小役人の情報なら——。

（中村文左《なかむらぶんざ》だな）

さらに、町、商人の噂話は――。

（［松田屋《まつだや》］だ）

［松田屋］は七軒西町にある油問屋で、当主は乙左衛門《おつざえもん》、勘兵衛の上司である松田与左衛門の実弟であった。

その［松田屋］に勘兵衛は二年半前、寄留というかたちで身を潜めていたことがある。

（それに、［大吉《だいきち》］もある）

［大吉］は、中村文左ゆかりの飯屋を兼ねた居酒屋で、客のほとんどは庶民であった。

さて、塩川家を出た勘兵衛は、

（まずは、中村文左でも訪ねてみるか）

文左は勘兵衛と同い歳で、七之丞と同じく家塾では机を並べ、坂巻道場でも同門であった幼なじみである。

一昨日に七之丞に尋ねたところ、今は郷方《ごうかた》の小物成《こものなり》役に就いているという。

小物成とは、田畑に対する本年貢に対して、山年貢、野年貢、草年貢などの雑税のことをいうのである。

（今の時刻だと……）

そろそろ八ツ（午後二時）どきだ。

多くの士は、そろそろ城下がりの時刻だが、役職によっては大いに異なる。

たとえば郷方の場合、早出組は朝五ツ（午前八時）から七ツ（午後四時）まで、遅出組が朝五ツ半（午前九時）から七ツまでだ。

つまり文左は、三ノ丸曲輪に建つ郡代役所でまだ執務中のはずだが……と、勘兵衛は考えを巡らせた。

（敢えて、仕事の邪魔をすることもないし……）

二勤一休で、案外、在宅をしておるかもしれぬな。

（とりあえずは、郷方の組屋敷を訪ねてみようか）

そこで勘兵衛は城下の石灯籠小路《いしどうろうこうじ》に出て、手土産の菓子折を求めたのちに、北山町に向かった。

北山町は名のとおり、城が聳える亀山の北側にあって、普請組組屋敷と郷方組組屋敷が建ち並ぶところだ。

さらに奥の西の方向には後山町というのがあって、馬廻り組組屋敷と足軽組組屋敷が建ち並んでいる。

勘兵衛が向かう遙か彼方には、草間岳《くさまだけ》、剣ケ岳《けんがだけ》、経ケ岳《きようがだけ》などの峰峰が聳えており、すでに冠雪をしている峰もあった。

「ごめん!」

郡方《こおりかた》組組屋敷の一画で、勘兵衛は閉じられた戸を叩いて訪《おとな》いを入れた。

「しばし、お待ちを」

女の声の返事があり、戸が開かれた。

「まあ、これは勘兵衛さまではありませんか」

文左の母である万《まん》が、驚いたような声を出した。

「御無沙汰をいたしております。これはつまらぬ物ですが……」

手土産を差し出すと、

「まあ、これは傷み入ります。ま、そこではなんですから、どうぞ中へお通り下さい」

勘兵衛が三和土《たたき》に入ると、座敷に置かれた紡車《ぼうしや》が目についた。

万は内職の途中であったらしい。

大野の特産品である真綿を、紡車で撚《よ》って糸にするのだ。

(文左はおらぬようだ)

万以外に人の気配はない。

座敷に上がりつつ、万が言う。

「勘兵衛さまが戻っておられる、と噂には聞いておりましたのですよ」

「そうですか。いや、ご挨拶が遅くなり、まことに申し訳ありません。ときに文左どのは元気でやっておりますか」

「はいはい。ま、とにかくお上がり下さい」

「きょうはご挨拶のみのつもりでしたゆえ、こちらにて失礼をいたします。どうか、おかまい下さいますな」

断わりを入れて勘兵衛は、上がり框《かまち》に腰を下ろした。

「文左は、福井のほうに出向いております」

「なに、福井へ。たしか今は、山方の小物成役と聞いておりましたが……」

今は亡き、文左の父である小八《こはち》の当時と同役になっていたはずだ。

「そうなのですが、蔵屋敷との帳面合わせのために三ヶ月ほどの予定で、この九月から福井へ出張《でば》っているのでございます」

「ははあ。蔵屋敷というと、福井の長者町《ちょうじゃまち》にある？」

「さようでございます」

福井にある蔵屋敷のことは、以前に父から詳しく教えられていた。

銅山から得られた運上銀をはじめとする物産は、その蔵屋敷に運ばれたのち上方《かみがた》へと送られる。

「すると、文左どのが戻るのは来月あたりになりますか」

「ええ。そのはずですが……」

「そうですか。いや、久方ぶりに文左どのと語り合いたい、と思っておりましたのに残念です。ですが、わたしは、殿が参府される来年の春までは滞在しておりますので、機会ならいくらもありましょう。お戻りになりましたら、文左どのに会いたがっていた、とお伝えをいただけますか」

「もちろんです。文左も、さぞ喜びましょう」

と、いうことになった。

2

勘兵衛が清水町の屋敷に戻ってみると、門前に八次郎がいて、なにやらきょろきょろしていたのが、勘兵衛に気づいて走り寄ってきた。

「旦那さま。いったい、どちらに行かれておったのですか」

　やや甲高い、なじるような声で言う。

「ふむ。ちょいとな。おまえも知っておるだろう。幼なじみの中村文左の家を訪ねていたのだ」

「それならそうと、お知らせいただかないと困ります。塩川さまの屋敷を訪ねましたら、旦那さまは、入れちがいのように出られたと聞きまして、途方に暮れておったのです」

「それは、それは……。いや、手土産を求めに石灯籠小路に立ち寄ったのでな。それで行きちがいになったのだろう。ところで、なにごとかあったのか」

「はい。江戸の松田さまから書状が届きましたので、お報せを……と」

「おう。そうだったのか。それはすまぬことをしたな」

　江戸とはちがい、この越前大野では、これといってなすこともない八次郎は、勘兵衛以上に退屈をしているにちがいない。

　八次郎のふくれっ面を見ながら、勘兵衛はことばを継いだ。

「これからは、もそっと連絡を入れるように気をつけよう。それに……」

　ちょいと機嫌をとりすぎかな、とも思いながら続ける。

「このところ、ずいぶんと暇になったし、ときおりは町遊びでもしようか」

「ほんとうですか」

現金なもので、八次郎の表情がぱっと明るくなった。

「ところで、父上はもう戻られたか」

「はい。小半刻ほど前に、お戻りでございます」

「そうか。まずは松田さまの書状でも読もう」

松田の書状には、例の越後騒動の幕府評定所《ひょうじょうしょ》による裁定の内容が記されていた。

その裁定日は十月十九日のことで、その評定の結果が僅かに六日で、この越前大野の勘兵衛のもとに届いた。

（それにしても……）

改めて松田の情報収集力と、仕事の速さを思い知らされる。

（やはり、な……）

松田や勘兵衛が以前に予測したとおり、越後高田藩の〈お為方《ためかた》〉と〈逆意方《ぎゃくいかた》〉の闘いは、〈逆意方〉の一方的な勝利に終わっていた。

武家諸法度《しょはっと》にある〈徒党の禁止〉によって、〈お為方〉は裁かれたのである。

武家諸法度は、江戸幕府が諸大名の統制のために制定した法で、時代により内容が少しずつ変わるが、現将軍の徳川家綱《いえつな》の名で発布した、二十一箇条からなる寛文令《かんぶんれい》に基づいた処罰だった。
すなわち――。

企新儀、結徒党、成誓約之儀制禁之事

つまりは、謀反を企てて仲間を集め誓約することを厳禁する。

との第六条によって〈お為方〉は裁かれたのであった。

松田が伝えた判決内容は以下のとおりである。

越後高田藩主松平光長の異母弟の永見大蔵――遠島のところ罪一等を減じて、長門《ながと》萩《はぎ》藩の毛利《もうり》家にお預け。

糸魚川城代の荻田主馬――切腹のところ、代代の者ゆえ罪一等を減じて、出雲松江藩の松平家にお預け。

家老の片山外記《かたやまげき》および江戸留守居の中根長左衛門《なかねちょうざえもん》、また大目付役渡辺九十郎《わたなべくじゅうろう》の三名――切腹のところ、罪一等を減じて片山は、伊予宇和島《いようわじま》藩の伊達《だて》家、中根は越前福井藩の松平家、渡辺は播磨姫路藩の松平家へ、それぞれお預け。

つまるところ〈お為方〉の首謀者五名を、越前松平家ゆかりの大名に預け、という処罰が下されたのであった。

今や越後騒動の行く末などは、我が越前大野藩にとって、なんの痛痒《つうよう》もないことながら、勘兵衛は幕府大目付の大岡忠種《おおおかただたね》に引きずり込まれた経緯がある。

それゆえ松田は、わざわざ勘兵衛に知らせてきたようだ。

しかし――。

（父上は、松田さまから届いたという書状の内容を気にしておいでなのだろうな）

今や対岸の火事ではあるが、一応は耳に入れておこうか。

勘兵衛は松田の書状を持って立ち上がった。

3

霜月《しもつき》（十一月）に入り大雪《だいせつ》の節気が過ぎても、越前大野に積雪はなかった。

といって、安心はできない。

気候にもよるが、例年なら冬至のころから積雪がはじまり、小寒や大寒の節気ごろには頻繁に雪搔きや雪下ろしが必要となる。

（江戸育ちの八次郎は、どんな反応を見せるだろうか）

そろそろ冬至も近づき、日の出から日の入りまでがぐんと短くなったころ、勘兵衛は物の紛れにそんなことを思い、一人ほくそ笑んだ。

それほどに退屈の虫も昂進したようだ。

おいおいに進めていた国許の情勢把握のための情報集めも、ほぼ終わって、またもや暇をもてあます日日に戻った勘兵衛である。

冬至まで、あと三日という十一月十六日、きのうから降り続けた雪で大野城下は新雪で覆われた。

勘兵衛は、ベタガネ付きの雪駄を履いて、いつものように塩川家に向かった。

ベタガネとは、滑り止めのために踵裏に打ち込まれた尻鉄のことで、積雪のときの必需品である。

「油断をして滑ってはならぬゆえ、あまり外には出ぬほうがよいぞ」

ずいぶんと腹がせり出てきた園枝に、勘兵衛が言う。

「十分に気をつけておりますゆえ、ご心配には及びませぬ。あなたこそ江戸が長うございますので、雪馴れから遠ざかっておりましょう。ご注意下さいませ」

「なに、それこそ要らぬ心配だ」

勘兵衛は苦笑した。

「きのう、あなたが戻られたのち、産婆さまが来られました」

「おう。それで……？」

月に二度ばかり、城下の産婆が園枝のところに診断《みたて》にやってくる。

「はい、稚児《やや こ》は順調で、来年の二月ごろには……とのことでございましたよ」

「そうか。それは楽しみだ。いや、無事にさえ生まれてくれれば、男児でも女児もかまわぬ。くれぐれも身体を厭うてくれよ」

「はい、はい。もう毎日のおことばで、少しばかり聞き飽きました。もう少し、別の話題はございませぬか」

「うむ。我ながら芸のないことだ、と承知はしておるのだが、これといって為すこともない。正直なところ、おまえに会いにくる以外、きょうは何をしようかと無聊《ぶりょう》を託《かこ》っている毎日だ。おまえのほうは、どうなのだ」

「わたしは襁褓《むつき》を縫ったり、肌着を作ったりと、けっこう忙しゅうございますよ」

「そうか。わたしは読書をしたり、たまには坂巻道場に稽古に出たりはしておるくらいだなあ」

「この際、松田さまのためにも、どなたかに囲碁でも習われてはいかがですか」

昨年あたりから松田に勧められ、囲碁の入門書などで自習していた勘兵衛だが、

「いや。どうもわたしは囲碁には向いていないようだ。なにやら、ちまちまとしているように感じて、一向に興が乗らぬのだ」

「無茶の勘兵衛さまですものね」

園枝が、からかうように言う。

「なんの。このところ、無茶をしようにも、そのネタがない」

「なによりでございます。日日平穏無事が、わたしの願いでございますから」

「それはそうだ。わたしももう、無茶をしでかす年齢《とし》ではないからな」

「それを聞いて安心いたしました。そう、そう。先ほど爺《じい》から聞いたのですが、津田

家老さまが江戸から戻られたそうですよ」

「ほう。いつのことだ」

園枝が爺と呼ぶのは、この塩川家の用人である榊原清訓《さかきばらきよのり》のことで、家老の津田家屋敷は同じ柳町なので、榊原の目にとまったのであろう。

「つい先ほどでございましょう。今朝方、源吉《げんきち》が屋敷前を雪掻きしたそうですが、その後に手抜かりはないかと爺が点検に出て、津田さま一行がお戻りのところを見かけたとのことでした」

源吉は、塩川家の下男である。

園枝とそんな会話を交わしたあと、勘兵衛は清水町の屋敷に戻って読書をしていると、城下がりをしてきた父が勘兵衛を呼んだ。

「きょう、津田家老が戻られた」

「そのようですね。園枝の実家で耳にいたしました」

「お。知っておったか」

「すると、無事に蟇目鳴弦の儀も終わったのですね」

「そのようだ。殿の御嫡男さまには、松千代丸《まつちよまる》と命名されたというぞ」

「松千代丸さま……。それが幼名《ようみょう》でございますか」

「さよう。松は千年、というからな。息災に育つようにと殿がつけたと聞いた」

幼名は貴族や名門の武家の子が、幼児である期間つけられる名で、徳川将軍家においては、竹は万年に因《ちな》んで、竹千代が代代に継承されている。

松千代丸の命名は、おそらく、それを意識したものだろう、と勘兵衛は類推した。

父との語らいが続くなかで、赤児は来年の二月中に産まれそうだ、という話になった。

「初孫ゆえに、わしも楽しみにしておる。古来より名付け親は母方の祖父、つまりは塩川益右衛門どのということになるが、それでよいのか」

「え……！」

勘兵衛は思わず、ことばを詰まらせた。

赤児の名など、いまだ考えもしなかったのだ。

（そのような大事なことを……）

迂闊であった、と思い知る。

「お尋ねしますが、わたしの名は、どなたがつけられたのでしょう」

「そりゃあ、わし自身だ。決して、わしが郡方の勘定役の職にあったからではないぞ。物事の善し悪しを直感的に判断できる子になって欲しい、と思うて勘兵衛とつけたのだ」

「そうでございましたか。では、やはり、名はわたしがつけたく思います」

「そうか。だが、名は体《たい》を表わす、というからな。けっこう悩ましいぞ」

言って孫兵衛は、いたずらっぽく笑った。

さて、それからの勘兵衛は、まだ産まれてもいない赤児の名を考えるのに熱中した。
もし男児ならば……。
また女児ならば、と、いくつか考えては紙に書き、さまざまな書物を繙《ひもと》いたり、と
退屈の虫も吹き飛んだ。
(こりゃあ、なかなかの難題だぞ)
園枝の意見も聞かねばならぬし――。
(これほどに思い悩むとは思わなかった)
それでも勘兵衛は楽しかった。
その日も勘兵衛は、日課の真剣稽古を済ませたのち朝食の座につくと、副菜は唐茄《とうな》
子《す》(カボチャ)とニンジンとレンコンの煮物であった。

「ははあ、きょうは冬至でありましたな」

カボチャは冬至南京《なんきん》とも呼ばれ、ニンジンやレンコンなど、〈ん〉が二つつく食品を食べると病気にかからないのだ、と幼少のころに母に教えられた。

「さよう。太陽の気がいちばん衰える日であるから、一陽来復の日でもあるな」

父がしかつめらしい声で言い、少し語調を変えて母に向かって続けた。

「物の本によると、唐《から》の国では冬至の日、仕事を休み酒宴を設けて万物の甦《よみがえ》りを祝うというが……、なあ、おまえ」

すると、茶碗に飯をよそいながら母の梨紗が澄まし声で答える。

「はい。分かってございますよ。勘兵衛と父子《おやこ》二人、酌み交わしたいのでございましょう。お酒もたっぷりと取り寄せてございますよ」

勘兵衛が思うに、父は酒を酌み交わそうと誘うのがなぜか照れ臭く、こんな芝居がかったやり方をとったようだ。

そんな朝食ののち、またまた名付けの候補を考えていると、

「旦那さま、中村さまがお見えです」

八次郎がきて告げた。

「なに、文左がか」

時刻は、まだ五ツ（午前八時）にもならない時刻だった。

「はい。登城前に立ち寄ったとのことです」

「そうか」

勘兵衛は立ち上がり、玄関に向かう。

玄関先に佇む中村文左は、やや眩しそうな表情で勘兵衛を迎えた。

「おう。元気そうでなによりだ。福井の蔵屋敷に出張っていたそうだな」

「ああ、四日前に戻ってきた。雪が積もる前日で助かったよ」

「そうなのか。そういえば雪が積もったのは三日前だったな」

「ああ、福井から戻って、おぬしが訪ねてきたと聞いた。きょうは早番ゆえに登城前に立ち寄ったが、仕事は七ツ（午後四時）には終わる。そののち、例の［大吉］あたりで落ち合うのはどうか、と思うてな」

「おう。それは……」

いいな、と答えかけて、勘兵衛は先ほどの父からの、遠回しな誘いを思い出した。

「悪いが、明日ではいかぬか」

「それは、一向にかまわぬ。明日も七ツには仕事が終わる」

「では、七ツ過ぎに［大吉］で待ち合わせようか」

「承知した。楽しみにしている」

と、いうことになった。

4

三番上町から横町通りにかけての町筋に、〈こおろぎ町〉と呼ばれる酒楼が連なる一画がある。

勘兵衛が文左と待ち合わせた［大吉］という居酒屋は、その〈こおろぎ町〉からほど近い目立たぬ路地の奥にあった。

〈めし、さけ〉と墨書された油障子を引くと、入れ込み土間は空っぽだった。

もっとも、ここは大工や職人相手の店だから、七ツ（午後四時）をわずかに過ぎたこの時刻、客の姿がなくとも不思議はない。

風の気配を感じたか、よく太った大年増が奥から出てきて、

「おえー、ようきんさったな」

嬉しそうに笑うと続ける。

「きのう文左さんがきて、きょう、あなたと待ち合わしぇと聞いてたで、楽しみに待

ってたのよ。まあ、とりあえず小座敷のほうに通っとくんね」

「では、おことばに甘えて」

女将に小さく会釈して、奥にひとつだけある小座敷へ向かった。

女将の名は百《ひゃく》といって、中村文左の母方の叔母にあたる。

百の父親は足軽だったが、ひょうげた性格だったらしく、三人の娘に、上から順番に万、千、百と名づけたと文左から聞いた。

その長女である万が、文左の母だ。

文左から、その話を聞いたとき勘兵衛は――。

(もし四番目の娘ができていたなら、その名は拾《じゅう》で、次は壱《いち》か……)

などとおもしろがったものだが、さすがに口にはしなかった。

さらに言えば、この女将の亭主の名が小吉《こきち》といって、店名を小吉よりは「大吉」としたあたり、ひょうげた気質は遺伝性のものかもしれない。

「お酒でも、つけましょうかね」

百の問いかけに、

「いや、間もなく文左どのもこられよう。それからのこととしましょう」

「ほうかね。じゃあ、用があったら声をかけとくんねよ」

言って女将は奥に引っ込んだ。

待つほどもなく文左はやってきた。

「やあ、待たせたかな」

「なんの。つい先ほど着いたばかりだ」

雪草鞋《ゆきわらじ》を脱ぎながら文左は百に、

「燗酒と、取り肴《ざかな》は適当に頼みます」

百に注文を通すと、

「いや。きょうもよく冷える」

独りごちるように言いながら小座敷に上がると、やにわに正座して言う。

「園枝どののことは聞き及んでござる。このたびは、まことに祝着に存ずる」

「ああ、それはどうもありがとう。しかし、そんなにかしこまられても困る。ま、ま、膝を崩してくれ」

「じゃあ、そうさせてもらおうか」

あっさり胡座《あぐら》をかいた。

「実は、利三の縁談が調《ととの》いそうだ」

勘兵衛が言うと、

「お、まことか」

「うん。つい最近になって聞いたばかりだ。となると、残るは七之丞とおまえだが、そういった話はないのか」

「とても、とても。伊波さまも塩川さまも、また勘兵衛さまも、今の俺からみれば雲の上のお人だ。わずか四十石の小役人のところに、はたして嫁の来てがあるものかどうか」

「なにを言う。四十石といえば立派なものだ。それに、幼なじみに身分の上下などあるものか」

中村家は元は二十石だったのが、文左の父である小八の功によって、俸禄が倍増したのだ。

「いや、ありがたいことばだ。決して卑屈になっているわけではないのだがな……」

文左が苦笑いの表情になったとき、女将が膳を運んできた。

卯の花に、油揚《あぶらげ》の煮付けにきんぴらごぼう、冬至南京にやたら漬けなどの小鉢物が、膳上には並んでいる。

やたら漬けとは、キュウリや茄子《なす》や瓜などの野菜を塩漬けした保存食を、湯で戻して味つけしたものだ。

二つの膳が運ばれたのち、三合は入りそうな大ぶりの銅製銚釐《ちろり》もやってきた。

銚釐は、酒をあたためるのに使う細長い容器のことだ。

「まずは一献」

互いに酌したのち、手にしたぐい飲みを捧げて再会を祝した。

「これで、おつもりにしよう」

酒に口をつけたあと文左が言う。

酌を取るのは、これで最後。あとは勝手酒にしようというのである。

「そうしよう。ところで蔵屋敷に三ヶ月も、とは長かったなあ。よほどの大仕事であったのか」

「そう。めったにないことだ」

きんぴらごぼうを口に放り込み、くちゃくちゃ嚙んだあと文左は続けた。

「こたび、新しき殿が、初の御国帰りをなされたろう」

「うむ」

「郡奉行が言われるには、藩主交代の際には総締めをおこなう、という決まりがあるそうでな」

「総締め？」

「ま、早い話が総決算というようなものだ」

「ははあ」

「長者町の蔵屋敷には、御物成算用皆済帳《おものなりさんようかいさいちょう》というのがあってな。平たくいえば米をはじめ、銅山から出た銅や銀、綿や漆や蠟《ろう》などの小物成が上方《かみがた》に送られた記録のことだ」

「なるほど」

勘兵衛の父も、かつては郷方の勘定役であったから、文左の言うことは、ある程度は理解できる。

「一方、城下の郡代役所には、蔵屋敷に送った物品の記録がある。そのそれぞれを蔵屋敷の皆済帳と突き合わせて、過不足のありなしを調べるというんだな」

「そりゃあ、また手間暇のかかる作業ではないか」

「総締め、と一口で言うが、郡代役所にとっても初めての仕事になる。なにしろ、先の殿さまが兄ぎみの直基《なおもと》さまから、この大野藩領を引き継がれたのが正保《しょうほう》元年（一六四四）のことだからなあ」

「待て待て。するとなにか。まさか、その正保元年から、直明さまが殿となった昨年までの……？」

「その、まさかだよ。都合三十五年分の帳面を、すべて突き合わせるというのだ」

「なんと、三十五年分をすべてか」

「そういうことだ」

（まさに、気の遠くなるような仕事ではないか）

　と思いつつも、勘兵衛には疑問が残る。

「しかし、これまでにも、銅山不正や米不正があったではないか。その都度に、そういった帳面の突き合わせなどはおこなわなかったのか」

「ざっとは、やったろうが、徹底したものではなかったようだ。それに、郡奉行も、ころころと替わったしな。もひとつ言えば、おぬしも知ってのとおり、郡奉行は二人いる。厄介な仕事は互いに押しつけあって、今回のような調査は、ついついなおざりになっていたようだ」

「ええと、米不正で失脚した郡奉行の権田内膳《ごんだないぜん》が、当時のおまえの上司であったな。で……。はて、その後釜は誰になったのかな」

　勘兵衛は、そんなことも知らずにいる自らを、少なからず恥じた。

「後釜の郡奉行には、加藤吉左衛門《かとうきちざえもん》さまが就いた。つまりは加藤さまが、俺の上司の、そのまた上司というわけだ」

「そうなのか。いや、国許のことに疎くて面目もない」

「江戸詰ならば仕方のないことだ。いま一人の郡奉行は、古参の小野口三郎大夫《おのぐちさぶろうだゆう》さま。それゆえ、総締めという難題は加藤さまに押しつけられたようだ」

そのような話題を皮切りに、勘兵衛と文左の四方山話も、いよいよ佳境に入っていった。

5

土間席のほうも、だんだんに賑わいを感じさせるころ、二つ目の銚釐に手を伸ばしつつ、少し酒がまわったらしい文左が吐き出すように言う。

「いや。こればかりは、おぬしの耳には入れまいと思っておったのだがな」

「なんのことだ」

「とにかく俺は悔しゅうてならぬ。実は蔵屋敷においてな。さんざんに、おぬしの悪口を聞かされたのだ」

「ほう。どんな悪口だ」

顔をしかめて、文左が答える。

「俺の直属の上司で、山方小頭の筒井《つつい》有右衛門《ゆうえもん》というのがおる」

「うむ」

「そやつが言うに、落合勘兵衛は無茶の勘兵衛などと異名をとっていたが、今となっては、無茶ならぬ、無駄の勘兵衛だというのだ」

「ははあ、無駄の勘兵衛か。おもしろいではないか」

「なにが、おもしろいものか。俺が、おぬしと親しいと知っておって、わざわざ、そんなことを言うのだぞ」

「ま、毀誉褒貶《きよほうへん》は世の習い、いろんな評価もあるだろう」

「そんなことは分かっている。ま、おぬしの活躍ぶりが伝わった揚げ句のやっかみであろうと思ったが、一応、無駄とはどういうことですか、と尋ねてみた」

「それで……」

「筒井が言うに、おぬしの上司の松田与左衛門は商家の出で、今の殿さまの傅役《もりやく》でもあったから、江戸御留守居役にまで昇りつめているが、要は幕閣にへつらうばかりの、武辺には似合わぬ商人根性。おぬしもまた、その尻馬に乗って、耳役などと称しながら、ただ江戸の町を遊びまわっているにすぎない。それゆえに、無駄だというのだな」

小鼻を膨らませながら文左が言い、また酒をあおった。

「ははあ、なるほど」

江戸詰の勘兵衛が国許の情勢には疎いように、国許の家士には江戸のことは分からぬだろう。

事実、殿さまの御供番で江戸に出た家士などは、殿の在府中は仕事らしい仕事もなく、江戸見物ばかりしている。

すなわち江戸屋敷に詰める家士の仕事はというと、幕閣との連絡事務に、殿さま一家の世話と、他家との交誼《こうぎ》の調整くらいに認識されて不思議はない。

(いや、まあ、普通はそうだろう)

我が大野藩においては、さまざまな暗闘があったことなど知らぬのだから、松田や勘兵衛の苦労など知る由もない。

「なんだ。おぬし。悔しゅうはないのか」

なるほど、と言ったきり、なんの反応も見せない勘兵衛に、文左は焦れたような声になった。

「まあ、そう怒るな。江戸留守居の松田さまは、たしかに商人の出で、代代が武家筋の者からみれば、なにやら燻《くすぶ》るものがあるのかもしれんなあ」

と答えつつ……。

（はて？）

勘兵衛は、どこかに違和感を覚えている。

（なにゆえ、ここに松田さまが登場するのだ？）

文左は鼻息荒く続けた。

「それで俺は、筒井に言ってやった」

よほどに腹が立つのか、文左は上司を呼び捨てにした。

「ふむ」

「おぬしには、先に米不正を暴いたという手柄があるではないか、とな。すると筒井の奴、ありゃあ手柄でもなんでもない。たまさかの幸運というやつよ、とな」

「まあ、そう言われても仕方がないなあ。あれは三年前の六月、わたしが園枝との仮祝言のために帰郷の旅路にあったときのことだ。府中の日野川近くで、わたしは偶然に広畑彦六《ひろはたひころく》と出会った……」

彦六は勘兵衛が幼いころに因縁があった男で、当時は佐治《さじ》彦六といったのだが、養子に出て姓が変わった。

そのとき彦六は、日野川に繋がる運河で船積の監督をしていて、その荷駄というのが米俵だった。

そのとき彦六は、この米は大野藩領の飛び地である西潟《にしがた》で収穫した米で、これから蔵屋敷まで運ぶのだと説明をしたが、その何日かのち――。

勘兵衛は国境に入ったあたりで、謎の一団に襲われた。

煎じ詰めれば、この襲撃が端緒となって、米不正の疑惑が持ち上がったのであったのだが――。

「と、いうようなわけだから、権田内膳の米不正の発覚は、まさしく偶然の産物であったことにちがいはない。つまりは疑心暗鬼になった権田が、わたしの口を封じようとして、自ら墓穴を掘ったというわけだ」

すると、文左が悔しそうに言う。

「そうだとしても、揚げ句の果てに米不正を暴くことになった発端は、おぬしであることに変わりはないではないか。俺は筒井にそう反論して、無駄の勘兵衛とは言い過ぎだ、と抗議してやった」

「おいおい、相手は上司だろう。睨まれでもすれば今後に差し障るではないか。少しは気をつけろ」

勘兵衛は本気で忠告した。

「なんの。筒井ごとき……。それより腹が立ったのは、筒井が言うに、無茶の勘兵衛ならぬ無駄の勘兵衛だ、と言っておるのは、なにも俺だけではない。虚言《そらごと》だと思うなら、ほかの者にも聞いてみよ、とぬかしよった」

文左は、ぐびりと酒をあおると続けた。

「で、もって、勘定役小頭の桑山喜平次《くわやまきへいじ》と、記録方小頭の大塚才兵衛《おおつかさいべえ》を引っ張り出してきよった。そやつらもまた、口ぐちに桑山と同じことをぬかしよったのだ」

（ふうむ……）

そこまで聞いて勘兵衛も、さすがになにやら異様なものを感じて尋ねた。

「そやつらの話にも、松田さまが商人の出身うんぬんの言はあったのか」

「おう。いかにも悪しざまに言いよった」

「そうか。友というのは、まことにありがたいものだ。心から感謝する。だがなあ文左、上司にたてついてまで身を危うくする必要はない。今後は、なにを聞いたとて、どうか聞き流してくれ。これは友として本心からの願いだ」

勘兵衛が静かな声音で諭すように言うと、文左は小さく顎を引いた。

勘兵衛は話題を変え、あれやこれやのやりとりをするうちに、文左の高ぶりもだんだんに収まっていった。

風説の源流

1

中村文左と別れたのちに、勘兵衛は思いを巡らせた。

（なにか、おかしい……）

（郷方の山方小頭である筒井有右衛門、勘定役小頭の桑山喜平次に、記録方小頭の大塚才兵衛）

勘兵衛は、帰宅ののち記憶が曖昧にならぬうちに、それだけを記録して——。

（酔って考えても、ろくな思考はできまい）

考察は翌日以降に持ち越すことにした。

そして翌日——。

つらつら考えたのち、勘兵衛は、ひとつの結論に達した。

文左の話から察するに、江戸留守居である松田への誹謗《ひぼう》、そして耳役である己《おのれ》への冷評、少なくとも郡奉行である加藤吉左衛門支配の郡方内部においては、それが大方の輿論となっているのではないか。

（さて、その意味するところは――？）

生まれくる子の命名案を棚上げにして、勘兵衛は二日ばかり熟考を重ねたが、それ以上の推考は無理と悟った。

なにしろ勘兵衛が得ている、国許の情勢知識自体が付け焼き刃なのだ。

（ここは、ひとつ、父上に相談をすべきだろう）

［大吉］で文左と会って三日目、その日は休日にあたっていた父に、勘兵衛は率直に相談した。

「そうか。とうとう、おまえの耳にも入ったか」

「え！」

勘兵衛の話を聞き、静かに答えた父のことばには驚いた。

変わらず静かな声音で、父が言う。

「余計な心配はかけまいと黙っていたのだが、そのような風説があるのは承知している。いつからかは定かではないが、今年の初夏あたりからだろうか、だんだんに広まっていったようだ」

「ははあ」

「噂でしかないゆえ、出所など探りようはないし、人の口に戸は立てられぬから、様子見をしようと思っていたのだが、その噂は塩川どのの耳にも入って、話し合おうということになったのだ」

「ははあ、舅《しゅうと》どのの耳にも入りましたか」

「風説ゆえに、目付衆を動かすわけにもいかぬ。いずれは噂も立ち消えになろうと踏んでいたのだが、豈図《あにはか》らんや噂は広まる一方でな。裏になんらかの意図があるのではないか、と信を置く目付に秘かに探らせた」

「なにか、分かりましたか」

「ふむ。包み隠さずに申すと、先月の安産祈願の折に、おまえ、わしを気遣ってくれただろう」

「はて？　あ、もしや津田家老……の？」

津田家老の娘婿である山路亥之助を、勘兵衛が討ったことを知られての逆恨みを買ったのではないか、と勘兵衛は心配したのだ。

「確か、ではない。ではないが、噂を流す人物に共通点があってな」

「それが、津田さまに繫がっていると……」

「そういうことだ。それで、再び塩川どのとも話し合ったのだが、まあ、津田さまにしてみれば、おまえに対する恨みもあるし、松田どのにも恥をかかされたとの恨みもあろうということになった。まあ、逆恨みにはちがいないのだがなあ」

「ははあ……」

津田家老は、藩の借銀を一本化すべく、江戸の両替商［那波屋《なばや》］に近づき、その危険性を松田に説かれて折れている。

（商人上がり風情《ふぜい》に……）

と、血筋を誇る津田家老の気位は傷ついたかもしれない。

勘兵衛は、そんなことを思った。

「ところがな……」

父の口調が少し変わった。

「津田家老が殿に、新銅山開発によって多大なる損失を出した件は失政ゆえに、その責任を明らかにするべきだと上申し、自らもその責任をとって隠居をすると申し出た」

「はい。その件なら伊波利三たちから聞いております」

「そうだろうな。おまけに津田家老は織田姓に復姓したいとも申し出て、殿から許しを得たそうだ」

「それも聞いてございます」

「松田さまや、おまえの風説を流したらしき人物が、そのような動きをみせた。この二つには、なにやら関連があるのではないか、と塩川益右衛門どのが疑いを持たれてな」

「ははあ、なるほど……」

勘兵衛の裡《うち》で、小さな灯火《あかし》が灯ったような気配があった。

「そこで塩川どのと伊波仙右衛門どの、それにわしの三人は秘かに集まり、津田家老の意図は奈辺にありや、と推《お》し量ることになった」

「…………」

勘兵衛の内部でも、小さく蠢《うごめ》くものがあった。

「三人が三人ともに胸襟を開き、それぞれの意見を述べて検証していくうちに、脈《みやく》所《どころ》らしきものが見えてきた」

「はて……」

なにかが蠢いているのだが、まだ勘兵衛には、その実態がつかめない。

「津田家は先君の縁戚ゆえに、脈脈として大名分と筆頭家老の席を与えられている。しかしながら筆頭家老とはいえ、どちらかといえばお飾り的な存在でしかなかった」

「ほ……！」

勘兵衛の裡で、なにかが弾《はじ》けた。

「さて、伊波利三どのは江戸家老見習であるが、いずれは正式の江戸家老となるのは必定。その時期とは、というと、いまの江戸家老である間宮《まみや》さまが隠居をなさるときであろう。で、間宮さまはもう六十七歳、そう遠いことではない」

（と、なると……）

勘兵衛は忙しく考えを巡らせた。

（幕閣においても……）

老中の土屋数直《つちやかずなお》に続き久世広之《くぜひろゆき》が没したため、堀田正俊と土井利房《どいとしふさ》が老中に昇格して、幕閣の勢力図ががらりと変わった。

それを勘兵衛は、目《ま》の当たりにしている。

（つまりは、我が執政の勢力図も変わろうとしている、ということか……）

はたして――。

父の話が続く。

「あるいは深読みかもしれぬが、これまでお飾りでしかなかった津田家老が、名実ともに筆頭家老の家になろうと決断したのではなかろうか、というのが我らの帰結となった。織田への復姓も、その足がかりであろうとな」

「そのようなことが可能でしょうか」

「派閥を作れば可能だろう」

「派閥で、ございますか」

「伊波利三が正式な江戸家老となるときには、残る家老職は津田……いや織田家老に、斉藤家老の三人。それに加えて年寄は、大名分の津田家、家老御仕置役の間宮、小泉、美濃部の四家であろう」

「つまり、執政七人のうち、津田、織田、美濃部の三家は閨閥で結ばれておりますし、あと一人でも取り込めば、多数派となるということですか」

「平たくいえば、そうだ。それで津田家老の身になって現有勢力を眺めれば、年寄の家ではないが、江戸留守居の松田どのは目の上のタンコブになるではないか。その影響力は無視できぬし、なにより殿さまの信頼も厚い」

「胸に落ちてございます」

（そうか。わたしへの悪口はつけ足しみたいなもので、真の狙いは松田さまであったのだ……）

そう考えつつ、次に勘兵衛は、あっ！　と思った。

「そういたしますと、このたびの伊波利三の縁談は……」

父は、ハハ……と声に出して笑い、

「ようやく気づいたか。むざむざ津田家老の野望を遂げさせられれば、伊波の家も我が家も、引いては塩川の家も下風《かふう》に立つことになりかねん。そこで伊波仙右衛門どのは、極秘裏に美濃部家の娘と縁談を進めはじめたのだ」

「そういうことだったのですか」

思えばひと月前、利三と七之丞との三人のとき、七之丞はその縁談を家の盛衰は閨閥にあると評した。

それに対して、利三は苦笑いしながら——。

——我が縁談を、そんなにあからさまに言うではないぞ。閨閥ばかりととられては、俺の立つ瀬がない。

と、言ったではないか。

（そうだったか）

七之丞は知らなかったが、利三は自分の縁談の意味を理解していたことになる。

2

師走がきて、大野の城下町は雪に埋もれた。

これまでにも記したかもしれないが、重畳《ちょうじょう》たる山塊を四囲に巡らせる大野盆地に、越前大野の城下町はある。

その盆地を一望できる亀山の頂きに城を築き、その東に武家屋敷を置き、中央に町屋を、東の縁には寺町を配していた。

今日《こんにち》も小京都と呼ばれているように、大野の町並は南北五本、東西六本の直交街路で整然と区割りされ、南北街路の中央には用水路が設けられている。(昭和になって埋め立てられた)

この町用水では、ふんだんな湧水が清冽《せいれつ》な流れを作っており、飲料水や生活用水、また防火用水でもあるとともに、雪を捨てる雪消しにも利用した。

ちなみに町屋の裏手には、排水のための用水路も設けている。

そんな城下町に、延宝八年の新年がきた。

その間、これといった動きもないままに時は過ぎゆき、静かな正月を迎えた。

勘兵衛はというと八次郎とともに、元旦は清滝社《せいりゆうしや》に参詣し、二日からは年始の挨拶まわり、といつになく忙しい。

で、三ヶ日の朝食は雑煮、中食《ちゆうじき》は蕎麦、夕食は煮物と、落合家の正月の食事は昔と変わらず質素なものである。

六日には年越しの夕飯を祝い、いわゆる御馳走が出て八次郎を喜ばせた。

前もって分かっていたことながら、昨年の晦日に津田信澄は隠居して、名を勘解由《かげゆ》と改めた。

それに伴って信澄の嫡男である信春が跡目を相続し、ここに復姓を果たした織田家老が誕生する。

正月行事も終わった一月八日、城下がりをしてきた父が言う。

「殿の参府の日取りが決まった」

「いつでございましょう」

「三月二十一日だ」

「さようでございますか。すると江戸に到着は四月四日ごろでございますな」

指折り数えて勘兵衛が言う。

「順調にいけば、そうなろう」

直明の参勤の道程は、俗に越前福井道と呼ばれる道筋をたどる。

まずは福井に出、北陸道から北国《ほっこく》街道を経たのち東海道で江戸に向かうのだ。

その距離は、およそ百四十一里であった。

「ところで勘兵衛、昨年の打ち合わせどおりでよいのだな」

父が確かめてきた。

「はい。殿さまの行列に加えていただきます。わたしたちが江戸を発ったのが昨年の九月十七日でございますから、それでも半年以上も休ませていただいたことになります」

昨年の師走に園枝を回診した産婆によれば、園枝の臨月は二月ごろ、出産は一月の後半から二月半ばにかけてであろう、とのことであった。

これは、江戸での産婆の見立てとも一致する。

しかし、ここに、少しばかりの差し支えが生じていた。

勘兵衛が園枝と、生まれきたる赤児と一緒に江戸に戻る、というのが理想的なのだが、そうもいかない事情が持ち上がっていた。

上司の松田も、そこまで考えもしなかったのだろうが、今回の里帰りについて、たしかにこう言った。

――ならば都合が良いではないか。殿も国帰り中であるし、伊波や塩川もおる。参府は来年の四月ごろじゃから、そのとき一緒に江戸に戻ってくればよかろう。

と――。

そしてまた勘兵衛も軽く考えて、その心づもりであったのだが……。

思えば、生後一ヶ月足らずの赤児を伴っての旅など無謀ではないか。

では、どうする。

産婆をはじめ、そこかしこに尋ねてみると、赤児を伴っての旅は、赤ん坊の首が据わったのちなら大丈夫とのことであった。

では、赤児の首が据わる時期とは……。

生後二ヶ月で首が据わる例もあるが、大方は生後三ヶ月だという。

となると、赤児を連れての旅は五月に入ってから、ということになろう。

そのような事情を松田に書き送れば、おそらく松田のことだから許してくれよう。

だが、それでは勘兵衛の気がすまない。

というより、お役目をほったらかしにして、八ヶ月も……というのは、甘え以外の何ものでもなかった。

そこで両親も交え、園枝や舅、姑とも話し合い、勘兵衛は当初の予定どおりに、殿の参勤行列に加わって江戸に戻りたいとの意志を示した。

ただし、八次郎は残していく。

舅の塩川益右衛門が言った。

「心配は要らぬぞ勘兵衛どの。お役目大事じゃ。園枝と孫のことなら、新高八次郎どのとおひさ以外にも、我が家の者をつけて、無事に江戸へ送り届けるほどにな」

という次第になったのだが、父にしてみれば、勘兵衛がつけた踏ん切りに変わりはないかと念押しをしたようだ。

「相分かった。なに、塩川どのではないが、心配は無用だ。わしのほうからも忠次をつけてやる」

「いや。いくらなんでも、四人も付き添うというのは大仰《おおぎょう》すぎましょう」

忠次は落合家の下男だが、園枝の実家からも人を出すというし、八次郎とおひさも入れると同行者は四人になる。

すると、父は真顔で答えた。

「そう言うな。初孫ゆえにな。実のところ、このわし自身が心配なのだ。できれば、わし自身が同行したいほどだ」

親のありがたさが身に沁みて、勘兵衛は無言で頭を下げた。

江戸の松田から、再び書状が届いたのは、その二日後のことであった。

冒頭に新年の賀詞が述べられ、園枝への見舞いのことばが続く。

さらには、幕閣情報も添えられている。

昨年の十二月二十八日に、老中の堀田正俊と土井利房が従四位下に昇格、また本多《ほんだ》忠国《ただくに》も従五位下に叙せられ、中務大輔《なかつかさたいふ》の官位を得た、とあった。

老中情報については、国許にある勘兵衛のために、また本多忠国の件は、勘兵衛の弟である藤次郎の主君なので、わざわざ知らせてくれたのであろう。

（ありがたいことだ……）

松田に感謝の念を抱きつつ、今は遠く陸奥福島にいる弟のことに思いを馳せた。

勘兵衛は父に本多忠国の叙任のことを知らせたのち、江戸の松田に向けて返書を認《したた》めた。

もちろん園枝の様子やら、直明参勤の日取りに、江戸到着の予定なども書き記している。

3

松田から勘兵衛のもとに、三度目の書状が届いたのは、それから半月ほど経った一月も末のことであった。

今回もまた、正月十二日に発布された幕閣情報を知らせてきたのである。

それによると、大老の酒井忠清に二万石が加増されて十五万石となり、老中の稲葉《いなば》正則《まさのり》は一万石加増で十万二千石となったが、大政参与《たいせいさんよ》に任ぜられた、とある。

（はて、大政参与？）

聞き慣れない役職名に勘兵衛は首を傾げたが、松田の文には、その注釈が続いていた。

それによると、大政参与とは大老と同格とされるが、月番制や評定所への出座、老中奉書連判が免除されること。

すなわち、その職務は非常勤ながら在府して、重大事のみ関与する、とだけ書かれており、松田自身の論評はなかった。

（ふうむ……）

書状を置き、勘兵衛はしばし思案する。

月番や評定所出座、それに奉書連判を免除というが、これは老中の権限の剝奪を意味するのではなかろうか。

（いや、そうにちがいない）

思えば稲葉正則は、まだ還暦にもならない五十代後半の働き盛りだ。

（つまりは、酒井大老の報復人事ではなかろうか……）

酒井大老にとって、稲葉老中は、つねづね煙たい存在であったからな。

勘兵衛のなかに、静かな怒りが芽生えていた。

勘兵衛が、この人事のほんとうの狙いに気づくには、あと数ヶ月を待たねばならない。

だが、いまの勘兵衛は――。

（さぞ、松田さまは気落ちなされていような……）

そのことであった。

なにしろ稲葉老中は、松田が幕閣情報を得る最大の出所であった。

すると、次に期待できるネタ元となると――。

（堀田さま、ということになるが……）

知行地こそないが賄料《まかないりょう》一万俵、取りも直さず大名と認められた松平直堅が、かって福井を出奔《しゅっぽん》し、愛宕下の江戸屋敷に匿われていたとき、松田は若年寄であった堀田正俊に相談している。

その堀田正俊は老中になっていた。

（…………）

その堀田について、

――堀田さまというのは、目から鼻に抜けるような御仁でな……、それがいささか気にかかる。

と、当時の松田が論評していたのを思い出し、

（あまり、期待はできぬか）

勘兵衛は思った。

（いやいや、堀田さまは稲葉さまの娘婿だから……）

迂回したかたちでなら、情報を取れるかもしれぬ。

などとも考えるが、どうにも心もとない。

（なればこそ……）

一日も早く江戸に立ち戻って、松田さまの力にならねばならぬ、とも思う勘兵衛で

あった。

正月も過ぎ二月となった。

二月の異称に〈きさらぎ〉というのがある。

通常は「如月」の字を当てているが、広辞苑によると「生更ぎ」の意だそうで、草木の更生することをいうそうだ。

異説もあって、寒さで重ね着をするので着更着だとか、逆に気候が陽気になるので息更来だなどというのもある。

いずれが正しいかを論ずるつもりはない。

ただ勘兵衛が越前大野にある、この延宝八年の二月――。

この年の暦では、二月五日が啓蟄《けいちつ》の節気にあたった。

すなわち、冬ごもりの虫が這い出るくらいの陽気を連想させる。

この日を太陽暦に置き換えるならば、西暦一六八〇年の三月五日、となれば、先述の息更来説も肯《うなず》けようというものだ。

事実、大野では雪解けがはじまっている。

その啓蟄の節気のころ――。

江戸は日本橋北・村松町《むらまつちょう》にある越前福井藩江戸上屋敷の一室で、前藩主であった松平昌明《まさあき》は妖気が漂う表情で、なにごとかを夢想していた。

春先は〈木の芽時《こめどき》〉といい、体調や精神状態が不安定になりやすい時期と言われているが、この男の場合、その性向はもともとが歪《いびつ》で捻《ねじ》れていたから夢想は妄想により近く、それが現実とごっちゃになってしまうから始末が悪い。

ごそり。

冬ごもりの虫が蠢くように、その昌明のなかで、なにやらどす黒いものが蠢きはじめたようだ。

松平昌明は福井藩、三代目藩主であった松平忠昌の五男で幼名を辰之助《たつのすけ》といった。父の忠昌が没して異母兄の光通が四代目藩主となるのだが、忠昌の遺言により辰之助に二万五千石が分与された。

しかし、そのとき辰之助は六歳と幼く、分与された所領も国内各所に分散していた。付けられた家臣たちが奔走し、吉江《よしえ》藩が立ったのは九歳のときだが、辰之助はずっと江戸にあり、十二歳のときに元服して昌明を名乗る。

ただし、初めてお国入りしたのは十六歳になってからだ。

そして延宝二年（一六七四）三十五歳のときに、画期的なことが起きた。

異母兄の光通が自死して遺言により、第五代の福井藩主の座が転がり込んできたのだ。

二万五千石から、いきなり四十五万石に——。

いや、吉江藩領を吸収合併すれば四十七万五千石、まさに棚からぼた餅であった。

このとき昌明から昌親と改名する。

しかしながら、この相続について藩内は揉めに揉める。

昌親には、昌勝《まさかつ》という異母兄がいた。

また、光通には庶子ながら権蔵《ごんぞう》（直堅）という実子がいる。

当然に実子の権蔵が相続すべきだと主張する一派、長幼の序からいって、兄の昌勝こそが相続すべきだという一派、藩内は家督相続を巡って争いが続き、藩政は滞った。

そしてついに、藩主の座にあること二年足らずで昌親は、異母兄、昌勝の嫡男である綱昌を養子にとって藩主の座を明け渡し、隠居して元の昌明に戻る。

延宝四年の七月二十一日のことである。

（くそっ！）

あれから三年半と少し……。

明けて四十一歳になった昌明は、いまだ腹の虫がおさまらない。

（いつか、必ず返り咲いてみせる）

その手は、すでに打ってあった。

（それにしても、憎っくきは、あの直堅だ）

憎悪の先に、松平直堅の存在があった。

（そもそもが、福井を逐電《ちくでん》して江戸へと逃れた臆病者ではないか）

そのような輩が、ただ光通の実子というだけで、なにゆえに……。

それなのに、直堅こそが正当な後継者だと主張して、五十人ばかりの家士が結託して脱藩、江戸の直堅のもとへ走った。

そして、その直堅は越前松平家の分家と認められ、ついには賄料一万俵を下され、諸侯に列せられた。

おまけに昨年には、屋敷まで賜わっている。

（許せぬ！）

腹立ちが昂じて唇を嚙んだ。

さらには、国を捨て江戸に逃げた直堅を匿い、後ろ盾となった越前大野藩にも昌明の怒りは向けられる。

それに越前大野藩には、もうひとつ気掛かりなことがあった。

家老の笹治大膳からの書状によれば、昨年の八月、越前大野の松平直明が福井城を訪ねてきて、御泉水屋敷で綱昌に会ったという。

（それには、なにか魂胆があったのではないか）

あるいは、綱昌の異変に気づいたのではないか。

忠明の疑心暗鬼は、ますます昂じていって――。

かつて昌明は、酒井大老と越後高田の小栗美作と気脈を通じ、松平直明を引きずり下ろそうと画策した。

その策が成就しないうちに越後では騒動が起きたけれど、酒井大老と手を結んでいることに変わりはない。

（必ずや、目にもの見せてくれる）

昌明の眼は狂気に満ちて、いまや不気味に輝いていた。

4

もう、園枝の出産も目前である。

いつ産気づいてもおかしくない状況にあった。

（いよいよ、俺も父親となる）

そんな感慨を抱いたのち、勘兵衛の心境は複雑に揺らいだ。

動揺の種は、小夜《さよ》のことだった。

小夜は江戸の料理屋［和田平《わだへい》］の女将で、勘兵衛と男女の仲になった。

その小夜が姿を消し、勘兵衛はのちになって、小夜が勘兵衛の子を産んだと知った。

男児で、勘太《かんた》と名づけられたという。

生まれ年は延宝四年の六月と聞いたから、すでにして勘兵衛は、四年前に父親となっていたのだ。

だが有り体《あてい》に言うなら、知らぬ間に父親になっていた、というのが当たっている。

それゆえに、父親になった、という実感が乏しかったとも言える。

（いや、ちがうな……）

小夜が姿を消したのは、勘兵衛の子を宿してのことだ、と自分は知っていた。

それで勘兵衛は園枝との縁談が具体的になったとき、兄である七之丞に告白して許しを得ようとしたことがある。

往時のことを思い起こして、勘兵衛の心は揺れたのである。

（なにを今さら……）

勘兵衛は奥歯を嚙みしめ、臍《ほぞ》を固めた。

（父親としての覚悟を決めねばならぬ）

あのころ――。

松田に言われたことを思い出した。

――過ぎたるは猶及《なお》ばざるが如し、というやつよ。残酷なことはやめよ。己《おの》が秘密は自分一人で背負うて、棺桶にまで持っていく、という決意も、また男児であるぞ。

（そうだ。秘密は己《おのれ》一人で背負わねばならぬ）

それが、新たに生まれくる命に対する覚悟なのだと、勘兵衛は改めて思った。

そして二月の十二日――。

勘兵衛は、落ち着かない気分で清水町の屋敷にいた。

というのも今朝方に園枝が産気づいた、と塩川家から連絡が入ったからだ。

すぐにも向かおうとした勘兵衛を、母の梨沙が押しとどめた。

「そなたは、ここにて待ちなさい」

そして梨沙は、下働きのはつを連れて塩川家に手伝いに出かけた。

（そうであった）

大野の武家には、ある不文律がある。

妻女が実家に戻って子を産む場合、夫は産褥《さんじょく》の場に立ち入らず、自分の屋敷で誕生を待つことになっている。

というよりも無役の家は別として、城勤めの者はいつもどおりに勤務する。園枝の出産のため、ともに国帰りしてきた勘兵衛こそが、まことに稀《まれ》な事例であったのだ。

それにしても、勘兵衛の尻は落ち着かない。

中食の時間となっても、母が準備した握り飯を食う気にもなれず、玄関と座敷とを行ったり来たりする。

そろそろ八ツ（午後二時）になろうかというころに――。

塩川家の家僕、源吉爺さんが、ぜいぜい言いながらやってきた。

「産まれたか」

矢も楯もたまらず問う勘兵衛に、源吉が息も切れ切れに、

「はい。はい。ご無事に……。おめでとうございます」

「うむ。で……。」

「はい。可愛い……姫様でございますよ」

「相分かった。直ちに参る」

勘兵衛の背後に姿を現わしていた若党の八次郎に、

「おまえは、城下がりしてきた父上に、このことを伝えたのちにやってこい」

「かしこまりました。旦那さま。祝着至極《しゆうちやくしごく》に存じます」

「ありがとう。取りあえずは、な……」

勘兵衛は、あわただしく玄関の雪駄に足を突っ込みながら、

（そうか。女児か……）

と、小さくつぶやいた。


赤児は、まるまると太っていた。

母子ともに健康であることに、勘兵衛は感謝した。

女児には〈凜《りん》〉と命名した。

凜乎《りんこ》、凜然《りんぜん》の凜である。

生き生きと賢く、凜凜《りり》しい女性《にょしょう》に育って欲しい。

そう願って名づけたものだ。

5

めでたいことは続くもので、伊波利三と十七歳になった美濃部家の娘の美代との祝言は、来たる三月三日、上巳《じようし》の節句に執り行なわれることが決まっている。

このころになると、織田勘解由（元の津田家老）が七間町《しちけんちよう》にある［山車《やまぐるま》］で、しばしば酒宴を催しているようだ、との話が流れてきた。

［山車］は、かつて小泉長蔵が直明の付家老に決まったとき、貸し切っての祝宴を開いた旅籠であった。

その［山車］の件について、父が言う。

「招かれる客の詳細までは分からぬが、小野口三郎大夫に小泉長二郎、ほかにも家士の中堅どころが多数とのことだ」

（やはり、郡奉行の小野口三郎大夫も嚙んでおるのか……）

と思いつつ勘兵衛は、

「すると、父上たちが推し量っていたとおり、派閥作りの準備でしょうか」

「おそらくはな。まあまちがえても、伊波家や塩川家、そして我らと深い縁《えにし》があるところに声はかかるまいがの」

「美濃部家のほうは、どうなんでしょう？」

「間もなく、娘が伊波家に嫁入りするのだ。勘解由も、まだ手は出すまいよ」

（つまらぬ権力闘争など、避けてもらいたいものだが……）

と思う勘兵衛だが、国許のことは国許に任せるしかなかった。

そして三月三日、伊波家屋敷において、つまやかながら古式ゆかしく、伊波利三の祝言が執り行なわれた。

嫁入りした美代は伊波家屋敷で暮らすが、夫の利三は、あと半月ほど先には参勤の行列に従って江戸に向かう。

で、新婦の美代だが、参府の行列を見送ったのちに江戸へ発つ、ということになった。

そのころ江戸においては――。

五日を遡る二月二十八日のこと、江戸城中奥《なかおく》の休息の間の上段で、将軍家綱は病の床《とこ》に臥したまま、ついに表には出なかった。

翌、二十九日になって御小姓が「モウ」と触れ歩く。

これは将軍が「もう、、お目覚めになった」と知らせる合図で、その声に小納戸衆《こなんど》の当番が漱《うがい》の水を準備する。

この小納戸衆というのは将軍に近侍して膳立て、洗顔、歯磨きなどの、あらゆる雑用をおこなう役目柄だ。

御小姓に似ているが、それよりはやや軽い立場で、旗本や譜代大名の子弟から登用された。

この家綱の時代の小納戸衆は二十人ばかりであるが、ずっとのちには百人を超えるほどの数となる。

一刻ほどのちに、また「モウ」の触れ歩きがあって、これは朝食の合図だ。

すると御膳立ての間において、御膳奉行が毒味を終えた朝食を、御膳番の小納戸が膳立てをして御小座敷《おこ》へと運ぶ。

この御小座敷というのは、休息の間に続く小座敷であった。

小納戸が運んだ食膳は、小姓頭取が受け取って将軍に給仕するのであるが、将軍が病のときや体調不良の折には、そのまま小納戸が替わりを務める。

というのも、将軍がどれほどの量を食べたかを、秤《はかり》にかけて記録するのが小納戸の役であったからだ。

この朝食は、将軍にとっては気の毒である。

朝食中に調髪があるからだ。

小姓や小納戸が将軍の髪を結い、顔や月代《さかやき》を剃る。

さぞや食べにくいことであろう。

通常なら膳が下げられたのちに、奥医師による健康診断となるのだが、この日はちがった。

一口、二口と膳に箸をつけていた家綱が、ウウッと唸って胸元を押さえた。

きのうの養生で落ち着いたかに見えた病状が、またもぶり返したようだ。

普段は二人ずつ入ってくる、次の間に控えていた奥医師の六人が、一団となって御小座敷に入り中奥が騒然となった。

その日の正午近く、日本橋北・村松町の福井藩上屋敷に幕府使番が差し向けられて、福井藩藩医である吉田一貞《よしだいってい》に急ぎのお召しがあった。

吉田一貞は吉田流針術の三代目で、針術の第一人者と評されていた。

そもそも吉田流針術とは、出雲大社神官の吉田意休《いきゅう》が永禄《えいろく》（一五五八〜一五七〇）の初めに明《みん》に渡って刺鍼術《ししん》を学び、留学七年ののち帰国して興した針術である。

奥医師にも針医はいるが、吉田一貞ほどの腕はなかったとみえて、一貞が針治を施した結果、家綱は普段の生活を取り戻した。

　そのころ越前大野藩、江戸留守居役の松田与左衛門は、なにかと忙しかった。

　この一月十二日に、頼みの老中であった稲葉正則が大政参与というあやふやな執事職に追いやられている。

　在府ながら非常勤ゆえに、刻刻の幕閣の動きについて、打てば響くというふうにはいくまい。

　といっても、娘婿の堀田正俊が老中に昇っているから、それなりの情報は入るだろう。

　松田は、そんな期待も抱きながら、御機嫌伺いに出向いてはみたが――。

　一度目は、

　――いや、しばらくは、そっとしておかれるほうがよい。殿におかれては胸のつかえが降りぬようじゃ。松田どのが訪ねてこられたことはお伝えしておくでな。

　と、稲葉家用人の矢《や》木《ぎ》策《さく》右衛門《えもん》に留められた。

（稲葉さまは、よほどに不機嫌のようじゃな……）

　ま、当然のことだ、と松田は納得した。

それからひと月ほども経過して、そろそろよかろうかと思い、再び外桜田御門外の屋敷を訪ねてみると、またも矢木策右衛門が言った。

——殿には、いまだ、気が晴れぬご様子でな。来客をうるさがって、築地《つきじ》の別荘のほうに移られたのだ。

——ははあ、さようで……。

築地の別荘というのは『江風山月楼《こうふうさんげつろう》』と名づけた広大な庭園のある、稲葉家下屋敷であった。

松田が幾たびも訪れた場所ではあったが、稲葉正則が来客をうるさがって下屋敷に移ったと聞いては、

(やはり、遠慮をしたほうがよかろうな)

いかつい面貌に似合わず心配りが細やかな稲葉さまのことだから、いずれはなんらかの音信もあろう。

松田は、そう判断をした。

そうこうするうちに国許から、伊波利三の成婚の報せがきた。

二月三十日のことだ。

まことに細かいことながら、この時代の暦は、年ごとに大の月と小の月が変わる。

大の月は三十日まで、小の月は二十九日までである。

延宝八年の場合、一月が小の月で二月が大の月、三月、四月、五月と小の月が続いて、六月が大の月、といった具合だ。

それはともかく、松田は書状を見るなり――。

(こりゃまた藪《やぶ》から棒じゃ)

江戸家老見習の伊波が嫁迎えをするとなれば、それなりの準備をせねばならない。新居のことだ。

江戸家老見習となってからの、伊波利三の寝所は江戸家老役宅に変えていたが、

(まさかに新婚の夫婦を、間宮家老と同じ屋根の下で暮らさせるわけにもいくまい)

準備とは、そういうことだ。

しばし思いを巡らせたのちに、松田は若党の新高八郎太《にいたかはちろうた》を呼んだ。

「大工の親方、長六《ちょうろく》を覚えておるな」

「はい。もちろん」

「長六に、急ぎ頼みたいことがある。使いをしてくれ」

「承知いたしました」

長六は、手元役の平川武太夫《ひらかわぶだゆう》の妻帯にあたって、我が役宅脇にその新居を構えるべ

く、安くて腕のいい大工を紹介して欲しいと、かねて懇意の割元《わりもと》である政次郎《まさじろう》に頼んで知り合った。

本来なら普請方の仕事だが、出入りの業者との馴れ合いで、いささか費《つい》えが嵩張《かさば》る傾向にあった。

いわゆる役得というもので、役人とはそういうものと松田は黙認をしてきたが、藩庫が逼迫《ひっぱく》している折、無駄な出費は控えたい。

で、長六から見積もりをとったところ、思いのほかに安かった。

以来、江戸屋敷の修繕や造作は、長六に頼むようになっている。

普請方は不満だろうが、家老に準ずる江戸留守居役に刃向かえるものではないし、長六より安く仕上げる自信もないため、不服を唱えずにいた。

やがて、大鋸町《おがちょう》二丁目に居を構える長六のところに使いに出した八郎太が戻ってきて復命した。

「長六親方は、作業の段取りがつき次第に参ります。夕刻になるとのことでした」

「そういうと、親方は現場にでも出ておったのか」

「は。八丁堀の与力屋敷の改築だそうで……。そちらにまわって伝えました」

「それは御苦労だったのう」

八郎太を労《ねぎら》いながら松田は――。

（親方は相変わらず、忙しそうだ）

しかしながら、長六にはいささかの無理を聞いてもらわねばならぬ、と松田は考えている。

有栖川宮《ありすがわのみや》親王の下向《げこう》

1

それから一刻も経たぬうちに、長六はやってきた。

松田は、さっそくに用件を切り出す。

「最初に注文した住まいを覚えておるか」

「へえ。間口《まぐち》が三間《けん》、奥行が五間の平屋建てでござんした」

すらすらと答える。

「実は、このたび我が江戸家老見習の者が身を固めることになってな」

「それは、おめでとうございます」

「ふむ。それで、その新居を頼みたいのだ」

「いつも、ありがとうございます」

「だが、少しばかり事情があってな。それほど立派な住まいは要らぬ。おそらくは新婚の夫婦とお付きの女中と三人暮らし……。いや、あるいは、もう一人ぐらい増えるかもしれぬがのう。わしが思うに間口四間、奥行が六間くらいの平屋建てを考えておるのじゃが」

「それはもう、いかようなりともお請けいたします」

「先ほども言うたが、立派のものは要らぬ。有り体に言えば、二年か三年住むだけの……小屋掛けというてはなんじゃが、二年か三年で取り壊すほどのもので良いのじゃ」

「ははあ……」

長六は、呆れたような表情になった。

松田の思惑としては、こうだ。

いまは見習がついた伊波利三だが、いずれは正式の江戸家老となるはずだ。

現在の江戸家老である間宮定良《さだよし》は、松田より五歳年長だから、六十七歳。

そろそろ隠居して、家督を嫡男の源兵衛《げんべえ》に譲る時期だ。

そのときには、伊波が江戸家老役宅に入ることになる。

つまりは長六に頼む住居は仮の宿、掘っ立て小屋というわけにはいかぬが、形ばかりのものでよい、と思っている。

松田は続けた。

「でな……。無理は承知で頼むのだが、ひと月ばかりで完成させてはくれぬか」

「えっ！」

沈着な長六が、さすがに目を剝いた。

「どうだろう？」

「松田さま。申し訳ございやせんが、そいつぁ、とても無理でござんすよ。言い訳じゃあござんせんが、去年の五月に堺町《さかいちょう》から出た大火事で、一帯が焼け野原になりやした。一時は肝腎の材木が底をついたほどで、いまだ復興には至っておりやせん」

「ふうむ……」

松田自身も、ひと月で完成させろなど、どだい無理難題とは分かっている。

それでも、敢えてひと月でと言ったのは、参勤で殿が江戸に到着するのが四月四日ごろ——。

できれば、それまでに伊波の新居ができあがっておれば上上と考えたからであった。

「無理を申しているのは承知の上じゃ。それほどに急いでおる。で、正直なところ、急ぎに急いで、どれほどでできようかのう」

「ははあ。まだ図面もできてねえんで、なんともお返事のしようがねえのですが……」

長六は口を閉じ、しばし考えに耽《ふけ》っていたようだが……。

「頑張って、三ヶ月ほどいただけましょうか」

「なに、三ヶ月もか」

再び長六は黙考して、

「分かりやした、二ヶ月半いただきやす」

「ふうむ……」

信頼に足る長六が言うのだから、それがぎりぎりのところなのだろう、と松田は踏んだ。

「分かった。無理を申して、まことにすまぬことじゃ。じゃあ、それでお願いしよう」

「こちらこそ、ご期待に添えず、申し訳ございやせん」

「では、あとのことは我が郎党の新高八郎太に任せるゆえに、二人で存分に話し合うて進めてくれ。まずは、立地など見ておくか」

「そうさせていただきやすと、助かりやす」

「分かった」

松田は手元役の平川武太夫を呼び、八郎太を執務座敷に呼び入れた。

それから八郎太に、事の概略を説明し、

「長六どのには無理を頼み、二ヶ月半で完成との約束をいただいた。で、あとのことは、おまえに一任をする。長六どのと、ようように打ち合わせながら進めてくれ」

それから三人連れだって役宅を出て、江戸家老役宅へと向かう。

八郎太と長六は検地に、松田は間宮家老の承諾を得るのが目的だ。


三月に入ると、江戸はめっきりと活気づく。

阿蘭陀《おらんだ》も花に来にけり馬に鞍

と芭蕉《ばしょう》の句にもあるとおり、桜花爛漫《おうからんまん》のこの季節、阿蘭陀甲比丹《オランダカピタン》が江戸にやってくるし、大潮の日は潮干狩りで賑わう。

また浅草の三社祭《さんじゃまつり》も近い。

三月六日は、春分の節気から数えて十五日目、清明《せいめい》の節気にあたる。

のちの天明《てんめい》七年（一七八七）、常陸宍戸《ひたちししど》藩の藩主である松平頼救《よりすけ》が、太玄斎《たいげんさい》と号して著わした『こよみ便覧』では、清明の節気は次のように説明される。

〈万物発して清浄明潔なれば、此芽《このめ》は何の草としれるなり〉

この日の昼過ぎに、松田与左衛門は供も連れずに愛宕下の江戸屋敷の切手門《きってもん》をくぐった。

道に出たところで、眼を細めて愛宕山を見上げる。

花の色が煙るようだ。

（まもなくツバクロも来ような……）

ふと、松田がそう思ったのは七十二候のせいだろう。

二十四節気を五日ずつ、三つに分けた期間が七十二候で、清明の節気はそれぞれに、玄鳥至《つばめきたる》、鴻雁北《こうがんきたかえる》、虹始見《にじはじめてあらわる》に分割される。

花見客で溢れる愛宕下通りを、松田は北へ――。

やがて江戸城外堀を新《あたら》シ橋《ばし》で渡り、外桜田を突っ切ってさらに北上し、内堀に突き当たって左に曲がる。

右手の桜田堀に沿って、西北に進むあたりは皀莢河岸《さいかちがし》という。名のとおり、堀端にはマメ科の落葉高木であるサイカチの木が、びっしりと植えられていた。

サイカチは茎や枝に無数の鋭い棘があり、侵入を阻む意図がある。すでに若芽が出たのか、裸木はぼんやり薄緑に色づきはじめていた。

なおも堀端沿いの道を、松田は急ぐでもなく足を運んだ。

どこかで鶯が鳴いている。

あたかも散策に見えようが、陽気に浮かれての外出ではなかった。

これから、幕府大目付である大岡忠種《おおおかただたね》を訪ねようとしている。

大岡の用人である向井作之進《むかいさくのしん》が、一年ばかり前に松田を訪ねてきて、落合勘兵衛を貸して欲しいとの申し入れがあった。

そのころ勃勃《ぼつぼつ》として終わらぬ越後高田の内紛の状況を、勘兵衛に指揮を執らせて探らせようとしたのだ。

結局は尻切れトンボに終わり、越後騒動は一応の決着を見たのであるが——。

頼みの稲葉正則が大政参与となった今、代わりといってはなんだが、松田は大目付の大岡に目をつけたのだ。

取りあえずは誼《よしみ》を通じておいて損はない、くらいの気持ちである。

そこで昨日、松田の用人・新高陣八に手土産を持たせ、近くお目通り願いたいが、ご都合はいかがか、と大岡邸を訪ねさせた。

すると、打てば響くように、明日にでもどうぞとの返事を陣八が持ち帰った。

桜田堀端の道を進んでいくと、やがて半蔵御門外にいたる。

そこから内堀は半蔵堀と名を変えて、番町《ばんちょう》に入ったあたりから千鳥ヶ淵《ちどりがふち》へと続く。

大岡忠種の屋敷は近い。

2

松田は思いのほかの歓待を受けた。

「いや。そこもととは、つねづね面拝いたしたいと、わしも思っておったのだ」

大岡は、七十歳とも思えぬ矍鑠《かくしゃく》とした物腰で松田を迎え、続けた。

「で、勘兵衛、いや落合どのは、いかがいたしておるかな」

「はい。今は国帰りをしております」

「ふむ。子が生まれるそうな。めでたいことだ」

「ははあ、おそれいります」

さすがは大目付、情報は確かだ、と松田は緊張する。

その様子を見て大岡は快活に笑い、

「なに。特別に探っておるわけではないがのう。なにしろ勘兵衛は、わしにとって特別なのだ」

「格別のご厚情、傷み入ります」

「実は昨年に、子宝の縁起物……有馬の人形筆を贈ったのだが、さっそくの効能で喜んでおったのだ。いや、重畳、重畳」

「さようでございましたか」

大岡が、勘兵衛を格別に気に入っているらしいことは、松田も知っている。

ひとしきり、勘兵衛の話題が続いたのちに大岡が言う。

「ときに松田どの。そこもとと菊池兵衛《きくちひょうえ》は親しいらしいの？」

いきなり菊池兵衛の名が出てきて、松田は驚いた。

菊池兵衛は増上寺《ぞうじょうじ》掃除番、その実、大目付直属の黒鍬者《くろくわもの》である。

「親しい、というわけではありませぬが、さよう、知己を得てから、かれこれ二十五年にはなりましょうか」

老練な松田も、大岡には気圧《けお》されどおしだった。

「そうか。そんなにも古いのか。菊池が、わしの配下だとは知っておられような」

「もちろん。存じ上げております」

「というても、わしが今の職に就いたのが寛文《かんぶん》十年のことゆえに、菊池との縁は、十年ばかり。そこもとのほうが、ずうっと古いのう」

「そうなりますか。いや菊池どのは、親しいというより恩義のあるお方でございまして……。といいますのも、現在《いま》の殿の御母堂を、お引き合わせ下さったのが菊池どのでございました」

「なんと……。そのような深い縁であったのか。こりゃあ驚いた。そうか。そうであったのか」

大岡は瞠目《どうもく》したのちに、

「その菊池だが、しばらく大和郡山に潜り込んでおったのは知っておるか」

話し好きらしい大岡が、悪戯《いたずら》っぽい口調になった。

「は。大和郡山に、でございますか」

松田は、勘兵衛から聞き知ってはいたが、とぼけてみせる。

しかし、大岡は見透かしたように言う。

「どうやら、すでにご存じのようだな。菊池は大和郡山にて、勘兵衛の弟御にも会うたそうな。勘兵衛に似て、心効きたる若者だと評していたぞ」

「ははあ……」

勘兵衛の弟、藤次郎は今や他家の家臣だから、松田は応じようもない。

「ところで、その菊池だが、今はどこにおるか知っておるか」

「いや。まったく……」

「ふむ」

大岡は、またも悪戯っぽく笑うと、

「ここだけの話だがな。つい先《せん》に、播州明石《あかし》に潜らせた」

「なんと……」

今度は、松田が驚いた。

大和郡山藩は余儀ない事情から、嫡流の本多政長《まさなが》と、庶流の本多政利《まさとし》の両名が君臨するという、まことに奇っ怪な体制であったところ、昨年に政長が頓死した。

というより、政長は一国占有を狙う政利に毒殺されたのだ。

そんな政利の思惑は外れ、結果として相続は、政長の養子である本多忠国《ただくに》に下されて陸奥福島へ国替えとなり、政利のほうは播州明石へ国替えとなったのである。

本来なら処罰を受けるべき政利だったが、酒井大老の権勢と水戸《みと》家の威風によって生きながらえている。(第十九巻:天空の城)

(なるほど……)

反酒井である大岡は大目付として、その後の本多政利の所業を監察すべく、菊池を播州明石に送ったようだ。

そののちも四方山《よもやま》話《ばなし》が続き、酒膳が出た。

ますます上機嫌の大岡が不意に言う。

「ときに、近ごろ気掛かりなことがある」

「なんでしょう」

「毎年、この時期には御勅使の下向があろう」

「ははあ、恒例でございますな」

将軍は、毎年正月に高家《こうけ》を都に派遣して、京の天皇と上皇に年賀を奏上する。

それに対して天皇と上皇は、答礼として勅使と院使を江戸へ派遣した。

ひっくるめて勅使下向といった。

江戸に下った勅使は、和田倉《わだくら》御門外、辰ノ口《たつのくち》にある伝奏《でんそう》屋敷に入り、その都度に選ばれた勅使饗応役《きょうおうやく》から接待を受ける。

「このところ、勅使は花山院《かざんいん》前大納言や千種《ちぐさ》前大納言ほか六名ほどと定まっておったのだがなあ」

言って、盃を傾けた大岡に、

（はて……？）

気掛かりとはなんだろうと、松田は思う。

正直なところ松田には、毎年やってくる勅使などに興味はない。

大岡が言う。

「一昨日のことだが、勅使とは別に、有栖川宮《ありすがわのみや》幸仁親王《ゆきひとしんのう》も江戸に入られたと聞いたのだ」

「はて？」

それがどうした、と思いかけた松田だったが――。

（なに、親王……）

松田の裡に点滅するものがあった。

親王とは、天皇の兄弟や皇子に与えられる最高位の称号で、親王宣下《せんげ》を受けた皇族に限られる。

そんな松田の表情の変化を読み取ったか、大岡が、

「もしや、大老の企みを知っておるのか？」

探るように訊いてきた。

「ははあ、いささか。噂ではありますが……」

「ほう。さすがじゃのう」

「いえ、いえ、その話を仕入れてきたのは、落合勘兵衛でございますよ」

「ほほう。やはり油断のならぬやつだのう。で、その噂、どこで仕入れたのであろうかのう」

「いやあ、そこまでは申せませんが、なにやら酒井党の島田守政《しまだもりまさ》が、無類の囲碁好きだそうで……」

「ふむ、ふむ。囲碁の安井算知《やすいさんち》の門下らしいな。なるほど、酒井が末末の栄華を守るため、鎌倉の古例に倣《なら》って宮将軍の擁立を企んでいるとの噂であろう」

「まさに、さようでございます。すると、その噂は大岡さまの耳にも届いておりましたか」

「ふむ。出所は同じようだ。島田は、いささか口が軽いでのう。よくあれで、町奉行が務まるものだ」

酒井大老の子飼いで江戸北町奉行にまでのしあがっている島田守政を、大岡は侮《あなど》るような口調で評した。

ところで勘兵衛が、その話を仕入れた先は、今は大坂城代になっている前浜松藩主《はままつ》の太田資次《おおたすけつぐ》からであった。

太田もまた安井算知の門下で、島田が囲碁の対局の際に得得として語ったのを、勘兵衛に教えたのだ。

「ところで大岡さまは、その有栖川宮の親王さまが、酒井大老が目論《もくろ》む親王さまだとお考えですか」

「分からぬ。だが上様には未だ世継ぎなく、ご病状もはかばかしくないというではないか」

「そうなのですか」

「少し持ち直してはいるが、先月の末には倒れられたと聞いている」

「なんと……」

大岡の言う気掛かりが、にわかに現実味を帯びてきた。

3

大岡と松田の話は続く。

大岡が言った。

「少しく調べてみたのだが、世襲の親王家というのは四つあってな。有栖川宮家《ありすがわのみやけ》に、伏見宮家《ふしみのみやけ》、桂宮家《かつらのみやけ》に閑院宮家《かんいんのみやけ》……。はたして酒井が、いずれの宮家の親王に目をつけたのかは、分からぬのだがな」

「ははあ……」

松田の裡で点滅していたものが、おぼろげな影を結びはじめていた。

(はて……?)

勘兵衛が、太田資次から教えられた話を松田に報告したときに……。

(あれは、三年前であった……)

松田は、遠い記憶を手繰《たぐ》り寄せた。

「あ……!」

思い当たり、声には出さぬが、松田の口はあんぐりと開いた。

「いかがした」

「はあ。その有栖川宮の幸仁親王というお方は、以前は高松宮《たかまつのみや》だったのではございませぬか」

有栖川宮幸仁親王は後西《ごさい》天皇の第二皇子で、寛文七年（一六六七）に高松宮家を相続して、二年後には親王宣下を受けた。

そして寛文十二年には、高松宮を有栖川宮と改称している。

「そのとおりだが……」

首を傾げかけた大岡が、

「おっ！」

膝を打った。

「こりゃあ、わしとしたことが迂闊であった。越後高田の松平光長には亀姫《かめひめ》という妹がおって、初代の高松宮好仁《よしひと》親王の妃になったのであったな」

「はい。好仁親王が薨去ののちは、落飾して宝珠院《ほうじゅいん》と号し、今は越後高田に戻っております」

なにしろ松平光長と酒井大老は、結託して大野藩を乗っ取ろうと画策していた。

それゆえ松田は、光長の身辺について徹底的に調べていたのだ。

だが、その乗っ取りの画策も画餅《がへい》に帰したと安堵して、すっかり記憶の片隅に追いやっていたようだ。

「と、なると、こたびの親王の下向は、なにやら胡散臭《うさんくさ》いのう」

「いかにも怪しゅうございますな。御勅使としての下向ではないのでございましょう」

「なんでも、高松宮の継承会釈という口実になっておるそうだが、今さら、ご挨拶というのも、おかしな話よのう」

「やはり、酒井が呼び寄せたのではございませぬかな」

「そうかもしれぬ」

大岡の気掛かりは、なにやら現実味を帯びてきたが、大岡にも松田にも打つ手などはなかった。

（しかし……）

松田は、ちらりと考える。

（この疑い、老中の堀田正俊さまの耳には入れておいたほうが良かろうか……）

と――。

さて、幕府大目付の大岡忠種と、越前大野藩江戸留守居役である松田与左衛門の間で語らい草となった、有栖川親王の江戸での動きを記しておきたい。

　二月七日、有栖川兵部卿《ひょうぶきょう》幸仁親王の饗応役には、豊後国臼杵《うすき》藩主の稲葉《いなば》右京亮《うきょうのすけ》景通《かげみち》が選ばれている。

　そして三月四日に幸仁親王が江戸に参着し、酒井雅楽頭《うたのかみ》忠清が、高家の吉良上野介《きらこうずけのすけ》を伴って慰労の御使いをした。

　そして七日に、有栖川親王は将軍に引見して、親王家を継いだことを謝したという。

　翌八日には、高家の大沢右京太夫基恒《おおさわうきょうだゆうもとつね》が鶴一羽と酒一荷を献じ、九日には上野寛永寺《かんえいじ》と芝増上寺の両山を参詣した。

　翌十日には、江戸城にて催された猿楽《さるがく》を見物、十三日には高家の吉良を伴い酒井忠清が使者として、親王に銀五百枚と綿五百把が贈られた。

　翌十四日、親王は隅田川に船を浮かべて遊び、十六日には帰洛の途についている。

　以上の行動は、通称、徳川実紀と呼ばれる江戸幕府の公式文書のうち、五十巻からなる徳川家綱の『厳有院《げんゆういん》御実紀』から引いただけに過ぎない。

　その間、親王と大老の間に、どのような話が交わされたかは定かではない、ということだ。

さて、舞台を越前大野の城下町に移す。

直明公参府の御発駕まで、あと七日という三月十四日、落合勘兵衛の姿は六軒通りにあった。

勘兵衛と園枝に園枝の母の史《ふみ》、新高八次郎をはじめとする塩川、落合両家から出された供の者を含めた一行は、六軒通りを東に向かっている。

目的地は、後寺町にある山王社だ。

この日は、凜の宮参りであった。

宮参りは赤児の長寿と健康を祈る行事で、男児は生まれて三十一日目、女児なら三十三日目に氏神さまにお参りをする。

この宮参りの主役ともいうべきは、勘兵衛にとっては姑《しゅうとめ》にあたり、園枝の母である塩川史であった。

その史が、晴れ着に麻紐で結びつけた御捻《おひね》り（米と銭を入れた紙を捻ったもの）をつけた凜を抱いて、産土神《うぶすながみ》である山王社に詣るのだ。

土地《ところ》では〈さんのさん〉と呼ばれる山王社の正式名は日吉《ひよし》神社といって、大山咋《おおやまくいの》神《かみ》を祭神とする。

「よう晴れて、良かったな」

「はい。ほんとうに……」

幸いに産後の肥立ちもよく、晴れやかな表情の園枝と短い会話を交わしながら、勘兵衛もまた晴れやかな気分であった。

やがて山王池と呼ばれる湧水池が見えてきて、山王社は池の東側にある。

その山王池の畔からは、鶯の声が届いてきた。

凜のお宮参りも無事に済ませ、いよいよ勘兵衛は殿御参府の供の一人となって、越前大野を出発した。

園枝や凜とは、しばしの別れである。

園枝と凜が江戸に戻るのは、凜のお食い初《ぞ》めの儀式のあとと決まっていた。

お食い初めは百日《もも か》祝いとも言って、乳歯が生えはじめる生後百日目におこなわれる儀式で、五月二十三日に当たった。

そのころには凜も首が据わって、旅に必要な体力がついているはずだ。

その後に伊波家、塩川家も含めた談合があって、園枝と凜は、伊波利三の新妻となった美代どのの一行に加わって江戸へ戻ることが決まっている。

勘兵衛にとっては、これほど心強いことはない。

一応の予定としては、凜のお食い初めを終えた二日後、五月二十五日の大安の日に大野を発つ、と決められている。

4

越前大野を発った直明参勤の行列は、福井、今庄《いまじょう》、木之元《きのもと》の宿場で宿泊し、四日目には脇往還を通って関ヶ原《せきがはら》に向かっていた。

そのころ、江戸において――。

芝は、赤羽橋《あかばねばし》袂の広小路から北へ六町（約六〇〇メートル）ばかりのところに、飯倉四ツ《いいくらよっ》辻《つじ》と呼ばれる十字路がある。

世が明治になったころ、『東京名所四十八景』という浮世絵集が［蔦屋《つたや》］から出版された。

その画材のひとつに選ばれたのが、この四ツ辻で、なかなかの賑わいを見せた町だと見てとれる。

ちなみに、この四ツ辻、現在の麻布台《あざぶだい》から近い飯倉交差点だ。

江戸時代、古くは飯倉村であったが、やがてこの一帯は、江戸幕府御掃除之者《おそうじのもの》衆の屋敷地として与えられた。

　そのうちに、往還沿いにぽつぽつと町並が整ってきて、寛文二年（一六六二）には代官と町奉行の両支配地になっている。

　さて、その四ツ辻から近い飯倉二丁目に、「かわらけ屋」という屋号の口入れ屋があった。

　といっても、間口二間（三・六メートル）といった小店である。

　その口入れ屋に、

「ごめんよ」

　声がかかって、顔を覗かせた者がいる。

　その顔を見て、「かわらけ屋」の主人の蔵七《ぞうしち》は、思わず眉をひそめた。

男が、このあたりを根城にする小悪党の徳松《とくまつ》だったからだ。

「おい。そんな顰《しか》め面をするこたぁねえだろうが。きょうは御用の筋だ」

「えっ！」

口入れ屋という稼業には裏表があって、たとえば日雇いに無宿者を斡旋することもある。

　そのような弱みもあるから、蔵七は緊張した。

そんな蔵七の憚《はばか》り顔に、徳松はにやりと笑って表を振り向くと、

「へい旦那、どうぞ」

と、声をかけて顔を引っ込ませた。

替わって店土間に入ってきたのは小銀杏髷《こいちょう》で、着流しに巻羽織という一目で八丁《はっちょう》
堀《ぼり》の同心と知れる中年の士であった。

「ああ、これは御苦労さまでございます」

蔵七は、形ばかりの結界《けっかい》から出て平伏する。

「邪魔をする」

同心が言い、続けた。

「拙者は北町の臨時廻り同心、花木弥三郎《はなきやさぶろう》と申す」

「ははあ、この屋の主、蔵七でございます」

「ほかでもない。きょうは頼みごとがあって罷り越した」

ドスの利いた巻き舌で言う。

「へえ。なんでございましょうか」

「うむ。この屋には番頭がおらぬそうだな」

それがどうした、と思いつつ蔵七は答えた。

「へえ、見てのとおりの小店でござんすから、手前と嬶《かかあ》に伜《せがれ》でどうにか切りまわしておりやす。雇い人は一人もおりやせん」

「そいつぁ殊勝なことだ。ところで頼みというのは、この店に番頭を一人置いてもらいたくてな」

「え」

「驚くことはない。給金も要らぬ。名ばかりの番頭だ。開店から閉店まで、ここに置いてもらうだけでよい」

「ははあ」

「ただし、御用の筋ゆえ、家人以外には他言は無用だ。あくまで、この店の番頭で通すように願いたい」

「…………」

頼みというより、押しつけられている感がある。

そんな蔵七の表情を読んだように、花木が続ける。

「なに、いついつまでとは言えぬが、そう長い期間ではない。飯代、その他の費用《かかり》として、一日につき三百文の手当を出そう」

「え」

蔵七は目を剝いた。

仕事にもよるが、蔵七が斡旋する日傭取《ひようと》りの日当は百五十文から二百文、そのうち一割が斡旋料として蔵七の懐に入る。

（ということは……）

日に十五人から二十人の日雇いを口入れした額《たか》ではないか。

訳も分からぬまま蔵七は、表で待っていた音吉《おときち》という男に引き合わされた。

花木が言う。

「明朝から、この音吉が通《かよ》いでくる。帰る際には三百文を毎日払う。先ほども言うたが、外に向けては、あくまで、この［かわらけ屋］の番頭で通すこと、また先ほども申したが他言は無用のことだ」

と、いうことになった。

（いったい、どういうことだろう）

御用の筋、ということだったが……。

［かわらけ屋］の蔵七は、首をひねることしきりであった。

5

越前大野藩主、松平直明の参勤行列が江戸に入ったのは四月四日、［かわらけ屋］の主が首をひねった日より十一日後のことであった。

かねて手配の臨時雇いを加えて体裁を整えた行列は、愛宕下の江戸屋敷に向けて、しずしずと進む。

すでに花の盛りは過ぎたけれど、御殿山《ごてんやま》には、まだ遅咲きの桜が残っていた。

陽が大きく西に傾くころ、行列は愛宕下の江戸屋敷に入る。

勘兵衛は、伊波利三や塩川七之丞に無言で会釈したのち、旅塵《りょじん》を払うのも惜しむように江戸留守居役の役宅に向かった。

まずは、松田与左衛門の用人である新高陣八に帰参の挨拶をしたのち、松田のいる執務室へ。

「おう。戻ったか」

執務机に座し、書き物をしていた手を止めて松田が言う。

「は。永らくの間、おことばに甘えてしまい、まことに申し訳ございません」

「なんの。取りあえずは、おめでとう。姫御だそうじゃな」

「はい。ありがとうございます」

「まあ、積もる話は多多あるが、それは明日のことにいたそう。きょうのところは町《ちょう》宿《しゅく》に戻り、ゆっくり身体を休めるが良かろう。きょうおまえが戻ることは、八郎太《はちろうた》が長助《ちょうすけ》に知らせておいたでな」

長助は勘兵衛のところの飯炊きで、露月町《ろげつちょう》の町宿の留守を一人で守っている。

また八郎太というのは、松田の若党であった。

「それは、わざわざ恐縮でございます。さりながら、なにかお手伝いすることはございませぬか」

松田が行列の出迎えもせず、書き物をしていたのを察して、勘兵衛は言った。

「おう、これか」

松田は手にした筆を、少し掲げて答えた。

「なに、こりゃ御極《おき》まりの参府ご挨拶文だ。手伝ってもらうほどのものではない」

「ああ、例の……」

藩主が国帰りし再び参府したとき、江戸到着の翌日には、将軍に挨拶をすることが義務づけられている。

といっても形骸化して、参府した藩主が直接に、将軍に奉謁して挨拶をすることはない。

代わりに江戸城に詰める月番老中に挨拶文を添えて、太刀代、馬代などを献上し、将軍への挨拶に替えるのだ。

その太刀代や馬代というのも、大名の格式によって多寡が変わるが、越前大野藩の場合は黄金十両というのが慣例になっている。

松田が言う。

「まあ、二年に一度の習いじゃから、どうということもないのじゃが、こたびは殿の初の国帰りからの参府じゃでのう。献上の金品について、これまでどおりで良かろうか、と少しばかり頭を悩ませたのじゃ」

「ははあ、なるほど……。そういえば我が藩にとって、代替わりは初めてのことでございましたなあ」

幕府の覚えめでたきを図るのは、江戸留守居役として重要な仕事であった。

もし目をつけられでもすれば、寛永寺や日光山《にっこうさん》の修復などといった手伝普請《てつだいぶしん》を賦課されて、経済的に大きな損失を招くことにもなりかねない。

「そうなのじゃ。できれば、ぐんと張り込みたいところじゃが、いかんせん、藩庫は疲弊しておる。でな、黄金十両に加えて綿百把《ひゃくわ》を献上することにした」

綿は越前大野の特産品でもあった。

綿一把とは綿糸一束のことで、三十匁《もんめ》の重さがある。

現代の度量衡でいえば、百把は十一㌕強の分量となろう。

「気持ちとすれば、もそっと出したいところじゃが、一度出してしまえば、それが先例になってしまうのも困る。苦しいところじゃ。で、つらつら考えた末に、綿百把を追加することにしたのじゃが、それではいささか物足りない気もしてのう……」

苦笑いののち、松田は続けた。

「姑息かも知れぬが、直明さま襲封の御礼を口実に、幕閣の御重役方をこの江戸屋敷にお招きし、饗応しようかと考えておるのだ」

「え、幕閣の御重役、と申しますと、まさか酒井さまも……ですか」

「当然じゃ。大老を抜いては、それこそおかしな具合になるではないか」

「ははあ、なるほど……」

いつもながらに、慣用句を口にしながら勘兵衛は、

（そういうことか……）

なんとなく勘兵衛には、松田の意図が読めた気がする。

大老酒井忠清とは、水面下で激しい攻防を繰り返してきた。

だが、激しい攻防と認識しているのは松田と勘兵衛ほかごく僅か、当の酒井の認識はちがうはずだ。

我らのことなど、おそらく歯牙《しが》にもかけていないだろうし、また戦っているわけでもない。

ただ謀略を巡らせただけで、自ら手を下そうとしたわけでもない。

傀儡《かいらい》となった者たちが、動いただけであった。

その認識の差を、松田は衝こうというのであろうか。

（いや、待てよ……）

勘兵衛は、知らず思考の淵に沈んでいった。

松田が幕府執政を饗する、というのは、単に鼻薬をきかせるためだけではないだろう。

思えばこれまで、酒井大老の強大な権力があって、我が藩は幕府執政との間に人脈を広げられずにきた……。

「勘兵衛」

「あ、はい」

「なにを、そんなに考え込んでおる?」

「これは……。いや、失礼をいたしました」

「ふむ。で……?」

いつしか松田は筆を擱《お》き、じっと勘兵衛の眼の奥を見据えていた。

「いや、格別のことではございませんが、昨年には老中の土屋数直さま、久世広之さまが物故されて、新たに堀田さま、土井さまが老中に昇られたなあ、などと……」

すると松田はにんまりと笑い、

「ほう。あるいは幸せぼけして戻るかと危惧しておったが、前にも増して物わかりが良くなったようじゃのう」

「恐れ入ります」

「たしかに幕閣の勢力図が変わった。で……。そこから先は、どう読んだのじゃ」

「もしやして、お偉方の饗応は、老中方との顔つなぎを目論んでおられるのではないかと考えておりました」

「いやはや……」

松田が呆れたような声を出す。

「深読みを、しすぎましたでしょうか」

「そいつは、言わぬが花じゃ」

手の甲で鼻をこする。

（当たったようだな……）

稲葉老中が大政参与となった今、松田は幕閣内に新たな手蔓《てづる》を模索しているようだ。

「それにしても松田さま、一向に気苦労が絶えませんね」

「気苦労も、江戸留守居役の役目と心得ておる」

（それに引き換え……）

国許においては、派閥を作っての権力闘争が目論まれている。

嘆かわしいことだ、と勘兵衛は思っていた。

縣小太郎《あがたこたろう》の災難

1

四月一日は更衣《ころもがえ》で、衣服が綿入れから袷《あわせ》に替わる。

これが五月四日まで続き、五月五日から八月末日までは帷子《かたびら》（裏地なしの単衣《ひとえ》）となり、九月一日から八日まで袷に戻り、九月九日からは綿入れに替えた。

着るものくらいは好きにさせろ、と言いたいところだが、幕府が定めた制度だから仕方がない。

いわゆる武家の服制であったのだが、一般庶民も、これに従った。

この名残《なごり》は現代でも、学生や企業の制服に痕跡を残している。

それはともあれ、この年の四月一日は、暦のうえでは、まだ夏ではない。

立夏を待たねばならなかった。

この年の立夏は四月七日。

江戸は、西久保《にしくぼ》の総鎮守である西久保八幡社の門前町に［吉野屋《よしのや》］という艾問屋《もぐさ》があった。

もぐさ、といっても近ごろの若い人は十中八九が首を傾げる。

年配の人はお灸《きゅう》の種とは知っていても、ヨモギから作られることまで知っている人は少ない。

また、脱線してしまった。

四月五日のことである。

「ごめん」

その［吉野屋］を、一人の武家が暖簾を分けた。

「いらっしゃいまし」

さっそくに手代が声をかけると、

「すまぬが、買い物ではない。拙者、松平直堅家で用所役を務める西尾宗春《にしおむねはる》と申す者、率爾《そつじ》ながら頼みごとがござって罷《まか》り越したる次第でござる」

「ははあ、さようで……」

慇懃《いんぎん》な挨拶を受けて面食らった手代は、

「ちょいとお待ち下さい」

番頭を呼んできた。

小柄ながら敏捷そうな体つきの番頭が、西尾に一礼してから、確かめるように言う。

「手前、この屋の番頭で勝次郎《かつじろう》と申します。西尾さま……。お向かいのお方でございますなあ」

「そのとおりでござる」

この［吉野屋］の向かいは西久保神谷町《かみやちょう》で、越前松平家の一門と認められた松平直堅と家臣たちが住みはじめて、もう五年になる。

「これは、ご近所さまなのに、お見それをいたしまして申し訳ございません。で、頼みごととは何でございましょう」

「うむ。それなのだが……」

西尾が口ごもる。

「………」

いったい、なにを言い出されるかと、ついつい勝次郎も身構えた。

すると西尾が、身をすくめるようにして言った。

「恥ずかしながら、荷車をお借りしたいのだ」

「ははあ、荷車……」

勝次郎もまた面食らった表情になったが、

「そういえば、御家は榎坂《えのきざか》のほうに御殿を普請中でございましたな」

「さようでござる」

「すると荷車は、引っ越しに必要でございますか」

「さようでござる」

あくまで慇懃な口調の西尾を前に、番頭の勝次郎は忙しく考えた。

艾というのは八月から九月、十分に生育したヨモギの葉を摘んで臼《うす》で搗《つ》き、篩《ふるい》にかけて陰干しをし、といった工程を何度も繰り返して作られる。

だから、その生産時期というのは十月から二月にかけてであった。

[吉野屋]に集まる艾の産地は江州《ごうしゅう》伊吹山《いぶきやま》をはじめ、越中や越後の山岳地帯であった。

そういった産地から直接に、あるいは上方《かみがた》まわりでの入荷は、伝馬《てんま》継《つ》ぎ立《た》ての荷受け問屋に請け負わせている。

それゆえ、[吉野屋]が所持する荷車というのは、あくまで配達用だ。

実のところ三台の持ち合わせがあるが、すべてを貸し出すわけにはいかなかった。

「当店の荷車は大八車でございますが、それでもよろしゅうございますか」

「もちろんでござる」

「で、どのくらいの期間、また台数をお望みでございましょう」

「一台で十分、さよう半月以内でお返しできましょう」

「ははあ、そういうことならお貸しいたしましょう」

「それはありがたい。で、如何《いか》ほどでお貸し願えましょうか」

「とんでもない。ご近所の誼《よしみ》というのも僭越《せんえつ》ながら、お代などはいただきませんよ」

「それは……。いや、重ね重ねありがたい。このとおり、礼を申す」

深ぶかと頭を下げる西尾宗春を見ながら、

(今どき、なんとも、純なお侍だ)

勝次郎は感心していた。

さて、こうして貸し出された大八車だが、その翌日から使われはじめたようだ。

またその翌日は立夏にあたった。

2

その立夏の日の昼下り――。

「もーえーぎーのーかーやー」

［吉野屋］の前を、気の早い蚊帳《かや》売りが節をつけて歌うような売り声で通っていった。

萌黄《もえぎ》の蚊帳のことである。

しばらくののち――。

その［吉野屋］の向かい側、西久保神谷町《かみやちょう》にある松平直堅の屋敷から、一台の大八車が出た。

西久保の地名は、愛宕山の西の窪地からつけられており、神谷町は家康が入国のとき、三河から召し連れた中間《ちゅうげん》衆に与えられた大縄地《おおなわち》があったところだ。

大八車に積まれているのは雑多な家具で、菰《こも》を被せた上から荒縄で固定されている。

若い武士が一人に車力《しゃりき》が二人の陣容で、大八車は愛宕山西の西久保通りを北へと進んだ。

やがて右手には、浄土宗天徳寺《てんとくじ》とその寺中が続く。

車力の指揮役でもある若い武士は、勘兵衛が三年前に国許から江戸に連れてきた縣小太郎であった。

当時十七歳だった小太郎は二十歳、松平直堅の家臣となって、四十俵扶持《ぶち》の祐筆役《ゆうひつ》である。

「よいか。急ぐことはない。ゆっくりとまいろうぞ」

小太郎が車力たちに言い、

「へえ」

引き手と押し手の二人が、気のない返事をしたが、小太郎は気にもとめない。

日雇い人夫とは、そのようなものだと思っている。

（きょうも、よい天気だ……）

初夏の爽やかな陽ざしを浴びながら、小太郎の気分は晴れやかだった。

主君の直堅は賄料一万俵を与えられながら屋敷を賜わらず、長い間の借り屋敷住まいであったところ、昨年になって、ようやく赤坂溜池《あかさかためいけ》の榎坂に屋敷地を賜わった。

その屋敷地では本殿がほぼ完成し、今は海鼠《なまこ》壁と御長屋の普請がはじまっている。

それで、ぼちぼちと引っ越しにかかろう、ということになったのだ。

（あの、狭い入れ込みの部屋から、ようやくに開放される）

先ほど出た借り屋敷のことである。

元もとが武家屋敷ではない。

町地にあった三百坪ほどの空き屋敷を借り受けて、それらしく手を入れた代物《しろもの》であった。

そこに主君や御女中も含めた七十人ほどの家士が暮らす。

それゆえに、とにかく狭い。

おまけに諸侯に列した大名とは名ばかりで、爪に火を灯すようにして貯め込んできた金銭が江戸屋敷の普請にまわされていたから、直堅家は、ほとんど余裕がない。

そこで引っ越しの費用を抑えるべく、僅かな日雇いで家財を運ぶことになった。

その先導役に選ばれたのが、直堅家でいちばん年若い小太郎なのであった。

いわば貧乏くじを引いたようなものだが、小太郎に不満はない。

やがては御長屋で、自分の部屋を持てるのが楽しみだった。

なにしろ拝領の屋敷地は三千余坪、今の借り屋敷の十倍以上だ。

推《お》して知るべし、であった。

借り屋敷から拝領地までの距離は半里足らずだが、その道程には二つの坂道がある。

芝浦《しばうら》の海辺一帯が見えることから名づけられた汐見坂《しおみざか》と、溜池が完成したとき堤に植えられた榎が由来の榎坂だ。

溜池というのは、江戸城外堀を兼ねた上水源で、その形状から瓢箪池《ひょうたん》とも呼ばれたが、明治になって埋め立てられた。

現代では高速道路下の交差点やバス停、東京メトロの駅名に、その縁《よすが》を僅かに残している。

「急ぐことはない。ゆっくりとまいろう」

天徳寺門前町が尽きるあたりで、小太郎は車力たちに二度目の声をかけた。

「へえ」

またまた車力たちが、不満そうな返事を返す。

ここから先――。

まず左手は、のちに西久保葺手町《ふきでちょう》となるところだが、今は広大な赤土の原である。

丘を切り崩してできた砂取り場であった。

小太郎は知らぬが五年前、落合勘兵衛が浪人やヤクザ者を相手の決闘の場となったところだ。（第六巻：謀略の森）

この砂取り場から先は、元禄《げんろく》になって西久保車坂町《くるまざかちょう》、西久保新下谷町《しんしたやちょう》といった町地が起立するのだが、このころは右も左も、ずうっと先にも武家屋敷ばかりが建ち並んでいた。

小太郎が車力たちに、ゆっくり行こうと再び声をかけたのは、武家地に入ったためだ。

このあたり、道幅が二間半（約四・五メートル）ほどしかない。

荷車の事故を考慮してのことだった。

小太郎が車力の指揮を執り、引っ越しをはじめて、きょうが二日目である。

きのうは初日で、万事慎重を期して、ゆったりゆったり値踏みをするように、道を進んだものだ。

荷積み、荷下ろしを含めて、午前に一往復、午後には二往復を経験した。

梅雨に入るまでに、大方の荷物を新屋敷に運び終えたい。

雨天でないかぎり、一日三往復、十日以内で家財の運び込みは完了できよう、と小太郎は胸算用している。

きょうも午前中に一往復したが、きのうで馴れたか、ともすれば車力たちの足は速まりがちだった。

小太郎の指示に従って、ゆっくり進めば、それだけ時間がかかる。

長時間大八車を引いたり尻押しをするよりも、ぱっぱっと早く終わらせたい、というのが車力たちの本音であろうが、小太郎は何度もその点を戒めながら進む。

なにしろ江戸市中では、荷車の事故が頻発している。

市中は人でごった返しているし、荷車が人を引っ掛けて、大けがを負わせたり死者も出る。

特に坂道は要注意だ。

上りでは引き手側が浮き上がるし、下りでは暴走の危険がある。

もっとも、この西久保通りは人通りもまばらだが、それでも通行人に混じって行商人たちも行き来する。

今しも初鰹《はつがつお》売りであろう、ねじり鉢巻きの男が天秤棒を担ぎ、

「かつお、かつおー」

と威勢のいい声を上げながら、小走りに小太郎たちを追い抜いていった。

道幅が狭い分、注意するに越したことはない、のであった。

またまた車力たちの足が速まってきた。

(仕方がないな)

いくら言っても効果がない。

(ならば……)

大八車に付き添うようにしていた小太郎だが、先立ちをとるように、大八車の前に出た。

後ろで小さな舌打ちが聞こえたが、かまうことはない。

大八車を先導した。

すぐ先に三叉路がある。

武家屋敷と武家屋敷の間に西へと折れ込む道の、手前が二千石旗本の林相模守《はやしさがみのかみ》屋敷で、先が同じく二千石旗本の石尾七兵衛《いしおしちべえ》の屋敷であった。

この三叉路に入らねば、汐見坂へは通じない。

「ぶつけぬように、注意いたせ」

大八車は小回りが利かぬから、小太郎はここでも注意を喚起しながら左に曲がった。

西へ進むと一町足らずで武家屋敷に突き当たり、道は北へと延びていくが、また二町ほど進むと、またまた武家屋敷にぶつかって左に折れる。

つまりは鍵型が刻刻《ぎざぎざ》に続く、大八車泣かせの経路だった。

結局は北向きから進路を西に取り、また北に向かったのち西に向かい、また北に向かったのち西に向かう、といった順序で、ようやくに汐見坂に入る。

「よし。心して上ろうぞ」

ちょうど左手から下りてくる、江戸見坂《えどみざか》の急坂が終わり、これから汐見坂がはじまろうという地点で、小太郎は車力たちを振り向き活を入れた。

幸いにして汐見坂も、またその先の榎坂も、ゆるやかな坂なので、さしたる心配はなかった。

上りはじめた汐見坂の左手には、武蔵川越《むさしかわごえ》藩、松平大和守《まつだいらやまとのかみ》の上屋敷、また左手には備後福山《びんごふくやま》藩、水野《みずの》美作守《みまさかのかみ》の中屋敷の海鼠壁が両側から迫る。

ここを通るたび、小太郎はいつも不思議な感覚にとらわれる。

石垣の上に海鼠塀、その上部に白漆喰《しっくい》の塀があって、さらにその上には長屋塀と、かなりな高さの塀と塀との間を通る坂道……。

なんとも非日常的な空間のせいかもしれない。

「あっ！」

後ろで小さな叫び声が上がって、小太郎はとっさに振り返った。

なにが起こったのかは、瞬時には理解ができなかった。

引き手の車力が、跳ね上がった梃子枡《てこます》の下にうずくまり、今しも坂道を転げ落ちようとする大八車の勢いに、押し手の車力が飛び退いたのが見えた。

「おっ！」

小太郎は反射的に駆け下りて、大八車の梃子棒を摑もうとしたが時すでに遅し、大八車はがらがらと音を立てながら、坂道を転がり落ちていった。

大八車を追って、車力たちが坂道を駆け下りる。

もちろん小太郎も一緒だ。

とても追いつくものではない。

大八車は坂下の武家屋敷にぶつかった。

すべては一瞬のできごとである。

「おっ！」

再び小太郎は、声をあげた。

坂の途中で武家が一人倒れていた。

「もし、大丈夫ですか」

駆け寄り跪《ひざまず》いて声をかけた小太郎に、

「むう」

とだけ、武家は答えた。

見たところ、血を流している様子もないし意識もある。

（む！）

小太郎が坂下の大八車を見やると、坂下には辻番らしい人影は見えたが、車力たちの姿は消え失せていた。

3

それより二日前――。

落合勘兵衛が愛宕下の江戸屋敷に戻った翌日に、勘兵衛は江戸留守居の松田とあれこれ話し合った。

あれこれのなかには、国許における動きも入っている。

織田姓に戻った津田家老の隠居や、派閥作りの動き、また、それに対抗して降って湧いたような伊波利三の嫁迎えの経緯《いきさつ》などなど……。

――ほほう。無駄の勘兵衛とな。そりゃあまた傑作じゃな。

小野口三郎大夫配下の郡方が中心となって、松田や勘兵衛を貶《おとし》めようとの噂を流していることに話が及んだとき、松田は楽しそうに笑い、続けた。

――直明さまが新しい殿となったのを好機と捉え、津田家老の欲が出たのであろうな。織田と復姓したあたりに、その欲心が顕われておる。なあに、放っておけばよい。

——内紛のおそれはございませんか。

——多少の小競り合いはあるかもしれんが、なに蟻《あり》ん子が屁《へ》をこいたようなものだ。それより、幕府執政方をどのように饗応するか、どう段取りをつけるかのほうが大事じゃ。

（やはり松田さまは器が大きい）

改めて、勘兵衛は思った。

一方で、江戸家老見習である伊波利三の新居の普請も着着と進んでいる。

その普請については、すでに松田の若党である新高八郎太に任されていたから勘兵衛が関わることではないが、あとひと月ちょっとで完工の予定だという。

この日の午後、その伊波利三が松田の役宅を訪ねてきて、

——いやあ、思いもよらぬお心配りをいただきまして、まことに恐縮至極に存じます。

謝儀のことばを述べていった。

それはそれとして——。

——えっ、有栖川宮の親王さまが、この江戸に……ですか。

これは、松田が幕府大目付の大岡忠種を訪ねた折に出た、親王下向の由《よし》を聞かされ

た勘兵衛の反応である。

――そうよ。三年前におまえが、前の浜松藩主であった太田資次さまから得た話を聞いておったゆえに、どうにか話の接ぎ穂を失わずにすんだのじゃがのう。

松田が大岡とのやりとりを、かいつまんで勘兵衛に伝える。

(はたして酒井大老は……)

鎌倉の古例にならい、次期将軍に宮将軍を立てようとの策を実行に移そうとしているのか。

そして白羽の矢を立てたのが、有栖川宮幸仁親王ということなのか……。

勘兵衛は、どこか釈然としない心持ちにとらわれた。

――どうした。合点がいかぬか。

――いささか。かかる大老の奸計を太田さまから聞かされたのは三年も前のこと。その策略を大岡忠種さまも耳にされていたご様子でございますな。

――そういうことじゃのう。

――となれば、その噂、ほかのお歴歴の耳にも入っているのではないかと……。

――なるほど、知れ渡った悪巧みを酒井が敢えて進めるだろうか、と思っているのじゃな。

――はい。

――酒井とは、そういう男じゃよ。

断じるように言って、松田は少し声をひそめた。

――家綱公は、酒井の傀儡《かいらい》じゃ。それゆえ酒井は、あれだけの権勢を得ておるし、どれほどの無理押しもできると自負しておるのじゃよ。

――そんなものでしょうか。

――さて……。老中の顔ぶれも変わって、多少は酒井も危ぶんだであろうがの。さっそくに最大の障害になりそうな稲葉さまを、加判《かはん》の列から除く、という手を打ってきたではないか。

――ははあ……。

(そう結びつくのか……)

稲葉正則が大政参与となった裏には、酒井の傀儡である将軍の命《めい》があり、あくまで執政たちを牛耳《ぎゅうじ》ろうとする酒井の強い意志があったのだ、と勘兵衛は思い知った。

――話は変わるがな。

――はい。

――こりゃあ、ここだけの話じゃがな。菊池兵衛どのは、播州明石に潜り込んでいるそうな。

——ははあ、明石にですか……。大岡さまからの情報でしょうか。

——うむ。

大目付、大岡子飼いの黒鍬者である菊池兵衛が、今度は播州明石に潜入している意味は、容易に見当がつく。

大和郡山本藩の藩主であった本多政長は、昨年に急逝した。

その死は病死と届け出られたが、実は同分藩藩主の本多政利が一国占有を狙っての毒殺であったことを証明したのは、大和郡山に潜入していた菊池兵衛の働きであった。

だが表向き、政長は病死、本多政利は本来ならお取りつぶしとなるはずが、罪を問われることなく播州明石へと国替えされるにとどまった。

酒井大老の権勢と、政利が神君家康の孫で、水戸藩主である徳川光圀《みつくに》の婿という家筋が忖度《そんたく》されたようだ。

ただ、政利の大和郡山での所領のうち三万石は、本多宗家を襲封した本多忠国に返還し、新たに三万石を加増されて、本多政利は六万石で播州明石へ——。

また本多忠国は元の宗家十五万石を得て、陸奥福島へと国替えとなった。

だが、積悪《せきあく》を重ねた本多政利を許さぬという底流は、幕府内に脈脈と流れていた。

（再び政利が悪事を為そうものなら……）

菊池兵衛を、政利を追って播州明石に潜入させたのは、大岡忠種の意図であろうと、勘兵衛は確信していた。

これは、のちのちの話になるのだが――。

これより二年後の天和《てんな》二年（一六八二）の二月、政利は所領の六万石を没収され、堪忍料一万石だけを得て奥州岩瀬《いわせ》郡大久保（岩瀬藩）に追いやられた。

それと入れ替わるように、本多忠国は祖の本貫の地である播州姫路へと国替えを果たしたのである。

さて一万石に落とされた本多政利は、その後も不行状が収まらず、陸奥に移って十一年目の元禄六年（一六九三）には、ついに領地を召し上げられて、出羽庄内《でわしょうない》藩に預けの身となった。

それでも政利の悪行は収まらず、ついには三河岡崎《みかわおかざき》藩への預けに変わり、岡崎城の牢獄に幽閉されて生涯を閉じることになる。

――それでな。

松田の話は続いている。

――ほれ。長崎奉行の岡野《おかの》のことじゃ。

――ははあ、酒井党の……、岡野貞明《さだあき》でございますな。

酒井党とは、大老の酒井忠清にべったりくっついている一党のことで、岡野貞明は先の芫菁《げんせい》や阿片の密貿易を裏で算段した立役者でもある。

その芫菁は、本多政長毒殺に用いられた唐渡りの猛毒であった。

勘兵衛は、長崎より江戸帰りした岡野の動向を見張っていた時期もある。

——うむ。その岡野貞明じゃ。これも大岡さまから教えられたのだが、先月に御役御免となったそうな。

――ははあ。御役御免ですか……。

（それくらいで、すませてなるものか）

岡野の罷免を聞いても、勘兵衛の心は一向に晴れなかった。

4

さて松平直堅家の縣小太郎が、榎坂にて大八車の事故を起こした当日の朝、勘兵衛はいつものように切手門から江戸屋敷に入った。

（ほ！）

見るともなしに視線を送った御本殿脇では、大工らが立ち働いている。

いずれも大鋸町《おがちょう》の長六棟梁のところの大工たちだ。

今しも柱が立てられようとしている。

普請されているのは、伊波利三と、その新妻となった美代が住まう仮の役宅であった。

竣工予定は来月の半ばと聞いている。

（十分に間に合いそうだな……）

勘兵衛は、しばし足を止め、職人たちの立ち働く姿を眺めつつ、妻、園枝との再会の日を胸底に思った。

すでに園枝と凜との江戸戻りは、伊波の新妻となった美代の一行と同行することになっている。

予定どおりに来月の二十五日に大野を発つとして、江戸到着は六月の七日か八日あたりになろうか……。

（いやいや、あいにくと梅雨の時期にあたるから……）

いま少し遅れるかもしれぬな。

こもごも、思いを巡らす勘兵衛であった。

その日の夕刻——。

西久保神谷町の松平直堅屋敷は騒然となっていた。

あろうことか、引っ越し途中の大八車が汐見坂を転げ落ちて大名屋敷に激突、おまけに怪我人までが出たそうだ。

しかも日雇いの人夫は、二人が二人ともに逃散《ちょうさん》したらしい。

壊れた大八車や、散乱した家財の片づけを家士たちに命じたのち——。

「なにゆえ、かかる次第となったのだ」

直堅家家老の永見《ながみ》吉兼《よしかね》に、年寄役の井伊《いい》貞正《さだまさ》と竹島《たけしま》八三郎《やさぶろう》、用人の仙石《せんごく》弥二郎《やじろう》、それに用所役の西尾宗春の五人が慌ただしく集《つど》った鳩首凝議《きゅうしゅぎょうぎ》の席で、平伏する縣小太郎に永見が問うた。

事の重大さに顔面蒼白となりながらも小太郎はしっかと顔を上げ、たしかな声音で答えている。

「汐見坂にて、わたしは車力たちの先導をしておったのですが、その半ば、後方で悲鳴のような声がして振り向いたところ、引き手の車力が跳ね上がった梃子枡の下にうずくまり、押し手の車力が飛び退くのが見えました。わたしは咄嗟に梃子棒を摑もうといたしましたが、間に合わず、大八車は坂を転がり落ちて、坂下の武家屋敷にぶつかったのです」

「ふうむ。もうひとつ解《げ》せぬ。大八車というは、上り坂では梃子棒が浮き上がるそうだが、車力もそれは心得ておろう。それとも、よほどに重い荷で車力の力が及ばなかったのか」

「それはありません。汐見坂も、それに続く榎坂も、それほどに急坂ではございませんし、事故のないよう荷の量は按配しておりました。昨日には三往復、きょうは午前に一往復、無理なく荷運びを終えておりましたのに、不思議でなりません」

「ふうむ……」

　永見が首を傾げるのを見て、小太郎は続けた。

「考えられるとすれば、引き手の車力が蹴躓《つまず》いた拍子に梃子棒を手放した……くらいでしょうが、それでも押し手の車力が飛び退きさえしなければ、暴走は難なく食い止められたと思います。それが、まるで申し合わせたような呼吸で、押し手の車力が飛び退いたのが、わたしには引っかかります」

「むう……」

　唸った永見に代わり、年寄の竹島八三郎が厳しい声を出す。

「これ縣、事故を車力たちにおっかぶせて、責任逃れをするつもりか」

「いや、毛頭も……」

再び小太郎が頭《こうべ》を垂れたとき、いま一人の年寄である井伊貞正が発言した。

「まあ、まあ竹島どの。こたびの引っ越し運搬という大任を、当家でいちばん年若き縣小太郎一人におっ被せた我らにも責任はあろう。それに、縣の疑いももっともだ。現に、車力は二人とも逃げてしまったというではないか。それこそ面妖《めんよう》な話ではないか」

「ふうむ……」

一同が押し黙ったところで、用所役の西尾宗春が発言した。

「かかる日雇い車力たちを、手配いたしましたのは拙者でございます。されど、このような事故を起こしながら、問題の車力たちを寄越した口入れ屋からは、なんの挨拶もございません。これより、かかる口入れ屋に向かい、その申し分を確かめたうえで、談判などいたしたく存じます」

「おう、それがよい。考えてみればけしからん話だ」

家老の永見が憤った声で言い、座の一同も頷いた。

5

(安物買いの銭失い、というやつか……)

直堅家を出た西尾宗春は、飯倉町二丁目にある［かわらけ屋］に足を急がせながら、胸のうちで歯嚙みする。

(いや、銭失いどころではないぞ……)

とんだことになったものだ、と痛感する。

(思えば、あまりに性急に事を運びすぎた)

と悔やんだが、まさに後悔先に立たず、というやつだ。

事の起こりは、十日と少し前のことであった。

近所の口入れ屋の音吉と名乗る番頭が訪ねてきて――。

――飯倉町二丁目におきまして、［かわらけ屋］という口入れ屋を営み、この近辺の武家屋敷にも出入りさせてもらっております。いまだこちらさまとはご縁がございませんが、六尺手廻りの手配やら、また日雇いの力仕事なり、お庭の手入れなど、どのようなご要望にもお応えいたしますゆえ、どうかよろしくお願い申し上げます。

言って、粗品でございますがと屋号入りの手拭いを差しだして続けた。

――ご近所のことゆえ、特別にお安くいたしますので、ぜひとも、なにかご用命いただくことはございませぬか。

――ふうむ……。

なにしろ直堅家は、二年半ほど前に賄料として一万俵を賜わり、ようやっと一息ついていたが、永らく勝手方不如意につき、駕籠を担ぐ六尺にしろ供揃えにしても、すべて自前でまかなってきた。

――しかしながら……

と西尾は思う。

越前松平家分家として諸侯に列せられて屋敷地まで賜わった今――。

(引っ越しまでも、家士だけでこなしたとなれば……)

世間の嘲《あざけ》りを受けはしまいか。

そんなふうにも思える。

(これは、渡りに船かもしれぬ)

そこで――。

――ところで家財の運搬、などというものも頼めるのか。つまりは引っ越しだ。

と尋ねてみた。

——そりゃあ、もちろん。車力をご要望でございますか。はいはい、いつにてもお世話できますよ。

——念のため尋ねるのだが、如何ほどの費《つい》えとなろうかな。

——もちろん、仕事の量によっても変わりましょうが、一台の荷車の車力なら、最低でも引き手と押し手の二人が必要となりましょう。

——そうなのか。

——だいたいに五ツ（午前八時）どきから日暮れまで、土方やもっこ担ぎといった重労働なら、相場は一人につき二百文といったところでございますが、荷車引きなら百五十文から百八十文というところでしょうか。

——というと、一日三百から三百六十文ということになるのか。

などと、あれこれ話し合っているうちに、西尾は近く引っ越しを予定していることを告げ、おおよその当て推量で家財の多寡までを話した。

——ははあ、それなら車力一組で十日足らずで片づきましょうな。よろしゅうございます。まとまった仕事でございますので、特別に車力一組につき二百八十文とお安くさせていただきますんで、ぜひとも、わたしどもにご用命をいただけませんか。

――それはありがたい話だが、なに、拙者の一存で決めるわけにもいかぬでなあ。

――さようでございますか。では、ぜひとも前向きにご検討下さいませ。なに、お返事をいただきに、二日に一度か三日に一度は、当方からこちらさまへ参上いたしますので、どうかよろしくお願いいたします。

と、音吉と名乗った［かわらけ屋］の番頭は引き上げていった。

西尾が、さっそく用人の仙石に上申したところ、はたして車力一組で一日二百八十文が安いのか高いのか、一度調べてみようということになり、三日後に音吉が尋ねてきたときには、まだ結論が出ていなかった。

そののち、車力二人で二百八十文というのは破格に安いという結論が出て、では［かわらけ屋］に頼もう、ということになったのだが、まだ引っ越しの具体的なことはなにも決まっていない。

そこで額を集めて相談の結果、荷車運搬の指揮者には、家中でいちばん年若の縣小太郎ということが決まり、新屋敷へ運び込む家財の選定と目録が作成された。

そして引っ越しの日程は、西尾に一任された。

そんななか、［かわらけ屋］の音吉がやってきた。

三日前の四月五日のことである。

――例の件、そちらに頼むこととなった。

――それは、ありがとうございます。せいぜい気張らせていただきます。

――もう一度確かめておきたいのだが、車力一組で日に二百八十文、というのにちがいはないか。

――はい。ちがいはございません。

――で、支払いのほうだが日払いということか。

――いえいえ、それは煩雑でございましょうから、すべてが完了した折に、まとめてということでいかがでしょう。

――そうしてもらえると助かる。いや、では決めよう。

――で、いつからはじめましょうか。当方としては、明日からでも大丈夫ですが……。

――ふむ。善は急げともいうからな、明日からにしようか。

――承知しました。で、荷車は何台ございましょうか。

――なに？

――はい。荷車二台なら手早く片づきましょうし、それなら車力も二組手配せねばなりません。

――いや。荷車はない。

――え……？

――荷車もついておるのではないのか。

――いえ、いえ、とても……。人の手配はいたしましても、荷車までは、とてもとても……。

――ううむ……。

これは迂闊だった、とんだ落とし穴にはまり込んだぞ。

西尾が額に皺を寄せて困惑していると、音吉が言った。

――では、こうしてはいかがでしょう。ちょうどお向かいに、大きな艾問屋があるではございませんか。あちらでお借りになってはいかがでしょう。

――ふむ。それは名案だ。よし、さっそくに物願いをしてこようほどに、ここにて待っていてくれるか。

ということになり、西尾は向かいの［吉野屋］を訪れて、結局は大八車一台を借り受けてきた、というドタバタの経緯があった。

稲葉《いなば》正則《まさのり》の意気地《いくじ》

1

「ごめん！」

気合いを入れた声を出し、西尾は間口二間に『もろもろ口入れ　かわらけ屋』と書かれた腰高障子を開けた。

通行の折折に、この店の存在は知ってはいたが、実は店内に入るのは、これが初めての西尾であった。

そろそろ日暮れも近い頃合いだからか、土間先の表部屋には人影もなく、

「ごめん！」

三和土に入って声を張り上げると、

「へい、へい。どうもお待たせをいたしました」

口を拭いながら、小太りの男が顔を出した。

唇の端に白い粉がついているところを見ると、大福餅でも平らげていたらしい。

「そのほうがこの家《や》の主か」

「さようで、蔵七と申します」

「拙者は神谷町の松平備中守家来で、用所役を務めている西尾宗春と申す」

「ははあ、松平備中守さまの……。へいへい、存じ上げておりますよ。たしか、「吉野屋」さんのお向かいでございましたなあ」

（なに。存じ上げている、だとぉ）

蛙のションベンみたいに、いけしゃあしゃあとぬかした口調に腹を立て、怒気を含んだ声で西尾は言う。

「ときに、本日の粗相については、どう考えておるのだ」

「は？　粗相と申しますと？」

蔵七が眼をぱちくりとさせた。

眼をぱちくりとしたいのは西尾のほうで、事の次第を述べはじめると、

「ちょい、ちょいとお待ち下さいませ」

蔵七が太く短い指の掌を開いて押しとどめ、

「いやあ、御家のお引っ越しのことなど、初めて聞くお話でございます。どこか別の口入れ屋とおまちがえではございませんか」

「なにを言う。おまえのところの番頭で、音吉という者がおろう」

「はい、たしかに音吉という番頭がおりますが……」

「そなたでは話が通じぬ。音吉を出せ」

「いや、それが……。音吉は通いの者でございまして、きょうは、もう一刻ばかりも前に上がってしまいました」

「なんと……」

さすがにここにいたって西尾は、怪しい気配を感じ取った。

「で、その番頭の音吉だが、身の丈は五尺数寸ばかり（約一六〇チセン）、頬骨高く、金壺眼《かなつぼまなこ》の男に相違ないか」

「そのとおりでございます」

これは尋常なことではないぞ。

混乱する頭で西尾は蔵七に、あれこれと根掘り葉掘りに糺《ただ》しはじめる。

そのころ直堅家の年寄役である井伊貞正は、押っ取り刀で西久保通りを北へ進んでいた。

西尾が口入れ屋に向かったのち、残る一同が縣小太郎から、さらなる事情を聞いたところ、大八車がぶつかった先は、備中庭瀬藩の上屋敷だった。

しかし先方では、この日、なにやら取り込みごとがあったらしく、留守居役不在ゆえに直談《じきだん》については夕刻以降にして欲しいとのことである。

(さて、備中《びっちゅう》庭瀬藩《にわせ》……)

主君の直堅が諸侯に列せられたときに購《あがな》った延宝五年版の武鑑を繙《ひもと》くと——。

備中庭瀬藩は二万石、当主は戸川安風《とがわやすかぜ》とあった。家紋は三本杉。

そんな付け焼き刃の知識だけで、井伊貞正は勝手方から掻き集めた二両ほどの見舞金を懐に、備中庭瀬藩上屋敷に向かっている。

恥ずかしながら掻き集めた見舞金は、小判の一枚もなく、小粒(銀貨)さえ混じっている、という代物であった。

一方、暴走した荷車に接触したらしい怪我人というのは、越前福井藩下屋敷の横目役で、名は檜垣丈太郎《ひがきじょうたろう》という。

——出血もなく、見た目に怪我の様子は窺えませんでしたが、本人は右肩を押さえて、たいそうに痛むと申します。

とは、縣小太郎の弁である。

——追ってご挨拶申し上げますほどに、よろしくご療養下さいませ、と取りあえずのところは引き取っていただいた次第です。

相手が、家門が同じ越前福井藩の家士と聞いて、一同は騒《ざわ》めいた。

本家と分家の間柄ゆえに、なあなあで話はつこうとの楽観的な見方もある。

しかし直堅家が越前松平家の分家と認められるに至る道筋には、通り一遍ではすまない経緯があった。

はたして鬼が出るか蛇が出るか、まるで予測がつかないのだ。

越前福井藩の下屋敷は霊岸島《れいがんじま》にある。

これから向かえば、日暮れを大きく過ぎてしまうだろう。

そこで直談は明日のこととして、これには強面《こわもて》の竹島八三郎があたることが決まっている。

（ふむ……）

たしか、ここだと思えるが……。

陽が西に大きく傾いた黄昏時《たそがれどき》の汐見坂下で、井伊貞正は右手の海鼠壁に連なる御長屋を見上げる。

あたりは深閑として人通りもない。

あの坂を大八車が転がり落ちてきて……。

(このあたりになろうか)

見当をつけたあたりを、目を皿にして点検する。

(これらしい)

いちばん基礎の石組にたいした損傷はないが、上部の海鼠壁の一部が削り取られている。

坂道を少し上ると丁字路《ていじろ》になっていて、海鼠壁沿いに右へと曲がる。

その取っ付きに大名辻番らしき番所があり、ぶら下がっている無灯火の提灯には、丸に二本沢瀉《おもだか》の家紋があった。

(戸川家の紋所とはちがうようだが……)

思いつつ番所の内を覗き込むと、薄暗いなか、床几で煙草を吸っている男がいた。

「ちと尋ねるが……」

「なんでがしょう」

雇われ番人らしいのが、座ったまま問い返す。

「戸川さまの屋敷は、あちらでまちがいはないか」

「うん。向かいだ」

煙管の先で、右手の角屋敷を指した。

ちなみに丸に二本沢瀉の屋敷は。備後福山《びんごふくやま》藩六万石、水野美作守の中屋敷であった。

さて、井伊の応対に出たのは、戸川家江戸留守居役の妹尾陣左衛門《せのおじんざえもん》という老人であったが――。

井伊がかたがた詫びを述べ、

「損傷したるところは、当方にて責任をもって補修いたします。また、これは償い金と申すには恥ずかしいかぎりですが、ほんの気持ちでございます。なにしろ、領地すら持たぬ新参の家にて、どうか御堪忍をいただきたく、臥してお願い申し上げます」

掻き集めてきた金子《きんす》の包みを差し出した。

すると妹尾老は――。

「いやはや、丁寧なるご挨拶、傷み入ります」

力のない声でぼそぼそと言い、続ける。

「いつなんどき、なにが起こるか分からぬのが、この世の常でござろうほどにのう。いやいや、それほどに気になさることはない」

思いがけない優しいことばに接し、井伊は感激した。

「まことにありがたいおことば、身に沁みてございます」

「なんの。修理のほうも、そこそこでよい。どうせ近近に去る屋敷じゃでな」

「は……?」

そのときになって井伊は気づいたが、まるで空き屋敷のような、というか、この屋敷内は火の消えたような寂しさで、目前の妹尾老も憔悴《しょうすい》しきった様子であった。

そういえば縣が、戸川家においては、なにごとか取り込みごと云云《うんぬん》、と言っていたなと思い出し、

「我ら、不識にて失礼ながら、御家にはなにごとかございましたか」

思い切って尋ねてみた。

すると妹尾老は、

「さようか。ご存じなかったか」

しばし口をもごもごさせていたが、

「いや有り体に申せばのう……」

井伊は愚痴《ぐち》を聞く羽目になった。

事情は、こうである。

備中庭瀬藩は、元は二万九千二百石であったが、所領の分与によって、三代藩主であった戸川土佐守安宣《やすのぶ》のときには二万千石に領地を減らしていた。

その安宣が六年前の暮れに、二十七歳の若さで病没した。

遺児は五歳の安風《やすかぜ》と三歳の達富《たつとみ》に、一歳になる娘の三人だった。

「明けて延宝三年の三月二十三日、幕府より長男の安風ぎみに家督相続が許されて、一千石を達富ぎみに分与して二万石の家となったのでありますが……」

問わず語りに、妹尾老の話は続く。

六歳にして藩主となった安風だが、あろうことか昨年の十一月に九歳で急逝してしまう。

もちろん九歳の少年に子のあろうはずはない。

このままいけば戸川家は、無嗣断絶《むしだんぜつ》で改易となってしまう。

妹尾老は幕閣に慈悲を乞い、弟君である達富に家督相続を願い出ていたのだが――。

「実はきょう、幕府《おかみ》から呼び出しがありましてな。達富ぎみには五千石の知行地を許されて、交代寄合《こうたいよりあい》の旗本にとの裁定が下され、我が藩は消え去ることになったのですよ」

「それは……。なんと……」

井伊にしても、慰めのことばも出てこない。

蛇足ながら、この屋敷の西向かいに建つ備後福山藩の水野家も、これより十八年後の元禄十一年に無嗣断絶となっている。

2

四日が経った、四月十一日のことである。

越前大野藩江戸屋敷の江戸家老役宅脇に普請中の、伊波夫妻仮宅は、すでに柱も立ち並び、柱と柱を渡す板壁が張られつつあった。

そんな様子を見遣りつつ、落合勘兵衛はいつものように江戸留守居役の松田与左衛門役宅に向かう。

「おはようございます」

すでに四ツ（午前十時）に近いが勘兵衛は、執務室から中庭を眺めている松田に、いつもの習慣《ならい》となった挨拶をした。

「うむ。きょうはまことに良い陽気じゃ。見てみろ杜若《かきつばた》の花が開いたぞ」

松田役宅には小ぶりな庭がある。

その庭の小さな池の畔で、深みのある紫色の花が二輪ばかり咲いていた。

江戸にては、この色を江戸紫と呼ぶ。

「ほんに。美しゅうございますな」

はや、夏も半ばに入っている。

「いずれがアヤメかカキツバタ、というが、そのちがいがおまえに分かるか」

松田が、珍しく花談義をはじめた。

「さて……。カキツバタは水辺に咲き、アヤメは陸地に咲くと覚えておりますが」

「そうじゃな。しかし切り花となったときに区別はつこうか」

「さて、それは……」

そのようなことは、これまで考えてもみなかった。

「なに簡単なことじゃ。あの花をもっと良く見てみよ。カキツバタの花の中央じゃ。白かろう」

「ははあ。たしかに白うございますな」

「ふむアヤメの場合はな。あそこが網目模様になっておる。さすれば、切り花となっても、アヤメかカキツバタの区別がつくというものじゃ」

「なるほど。それはよいことを教えていただきました」

「いやいや。つい思い出したまでのことじゃ。さて、きょうも引き続いて、例の饗応について案を練ろうかの」

言って執務机に向かう松田である。

二人して、このところ懸案の幕府御重役方の饗応について語り合っているところに――。

やや早足の足音があって襖ごしに、

「新高陣八でございます」

松田の用人の声がした。

「いかがした」

いつになく陣八の声が緊張しているのを察したか、松田が勘兵衛に目配せをくれながら問いかける。

勘兵衛が素早く立ち上がって襖を開けると、

「稲葉美濃守さま御家老の田辺さまから先触れがございまして、こちらへ間もなくご到着、とのことでございます」

と陣八が告げた。

「なに。田辺さまがか」

「はい」

「相分かった。茶の用意をしておいてくれ」

松田が指示を出し、

「ふうむ。田辺さまがご直直《じきじき》にのう」

つぶやくように言う。

勘兵衛もまた、なにごとであろうかと緊張した。

田辺信堅は、相模小田原《さがみおだわら》藩藩主というよりも、つい先日まで老中職にあった稲葉正則屋敷の、江戸留守居役も務める人物である。

勘兵衛も故あって、これまで何度も顔を合わせてはいるお方だが、その田辺が、この愛宕下の屋敷を直接に訪ねてきたことは、一度とてない。

（よほどのことか……）

と思いつつ、勘兵衛が、

「玄関先に出迎えにまいります」

と言うと、松田も執務机から立ち上がり、

「わしも行こう」

松田と勘兵衛は二人連れだって、役宅玄関へと向かった。

待つほどもなく、田辺信堅を乗せた駕籠が玄関の式台に置かれて田辺が下りてきた。

「急なことで、まことに相済まぬ」

松田の執務室に通された田辺信堅は、謹厳実直が羽織袴でいる、というような人物だから、生真面目な表情で平身して、松田や勘兵衛を恐縮させた。

「実は、ほかでもない。つい昨日のことなのだが……」

田辺信堅が切りだした話は、こうである。

このところ、公方《くぼう》さまが体調を崩して気鬱の様子なのを慰めようと、大老の酒井忠清が家綱《いえつな》公を江戸城二ノ丸に迎えて宴を催したという。

「二ノ丸御座所に御休息所、書院や奥の間や泉殿にいたるまで、各所に大老が秘蔵したる和漢の書画やら、茶器や名器や玩具などの珍しき品じなを並べたて、玉海《ぎょっかい》とか申す香炉に名香の蘭奢待《らんじゃたい》をくゆらせて、上様をお迎えしたというのだ」

「…………」

田辺は、そんなふうに語り継ぐのだが、まだ一向に話は見えてこない。

「もちろん我が殿をはじめとする宿老たちも、この宴に参加して酒食を共にしたのだが、庭上に設営された舞台では、竹本《たけもと》土佐掾《とさのじょう》とか申す一座の操り浄瑠璃《じょうるり》が演じられ、上様もお喜びだったそうだ」

まだ、話の先が見えない。

ついでながら、大坂道頓堀《おおさかどうとんぼり》に竹本義太夫《ぎだゆう》が［竹本座］を開場したのは、この翌年のことで、その義太夫節以前の浄瑠璃は、古浄瑠璃と呼ばれる。

すなわち、家綱公が御上覧の操り浄瑠璃は、その古浄瑠璃に属するものだ。

「で、我が殿におかれては……」

と、田辺の話は続く。

「酒井ごときに後れを取ってなるものか、と仰せられてな」

酒井大老の向こうを張って、江戸城二ノ丸に稲葉家秘蔵の書画や珍品、奇品などなどを陳列し、上様をお迎えして同様の宴を開くと言いだしたそうだ。

その予定日が七日後の今月十八日。

「ところがの……」

大老は操り浄瑠璃という演《だ》し物を用意したが、さて我らは、どのような演目を準備しようかと相談された田辺だが――。

「あいにくと身共《みども》は世情には疎く、困惑しておったところ殿が、落合勘兵衛ならば下情にも明るかろう、と仰せられてな。どうか力を貸してもらえぬか、と、かく罷《まか》り越《こ》した次第なのだ」

いる。

「ははあ……」

これは難題だぞ、と勘兵衛が思わず松田を見ると、松田も困惑の色を面貌に刷《は》いている。

その松田が言う。

「実はこの勘兵衛、昨年の九月より国許へ帰り、この江戸に戻ってきたのが、つい七日ほど前なのでござる。もちろん勘兵衛のみならず、全力を挙げて演目探しをいたす所存ではありますが、とにかく日数も限られておりますゆえ、どうか御家におかれましても……」

と、半ば逃げ腰になっていた。

「無理は承知と分かっている。当方にても、家士たちを芝居町に走らせて、近ごろ評判の演し物を探らせておるところだ。有り体に申せば、こたびの殿の意気地張りは、まるで駄駄っ子のようではあるが……」

と、田辺は一呼吸を置いて、

「まあ、その、なんでござる。殿におかれては奈良《なら》の駿河《するが》でござったでなあ。その心中は察するに余りあるのだ」

と、田辺の表情が歪んだ。

（はあ？）

ナラノスルガ、と聞こえたが……。

意味が分からぬ。

勘兵衛は首をひねった。

だが、まあ、類推はできる。

この一月、稲葉正則は大政参与という役にまつりあげられ、政治の場から一歩遠ざけられていた。

大老に疎まれた結果は明らかだから、正則の悔しさのほどは、勘兵衛の胸にも落ちていた。

（ふむ……）

そのとき勘兵衛の脳裏に、一人の人物のことが浮かんだ。

竹下《たけした》少年……。

いや、今は榎本其角《えのもときかく》と名乗って、俳諧の道を歩んでいる青年のことだった。のちの宝井《たからい》其角である。

ようやく勘兵衛も口を開いた。

「しかとは請け負いかねますが、諸芸、芸能にめっぽう詳しい知己がございます。さっそく、そちらをあたってみようかと存じます」

　すると田辺は喜色満面になって、

「そうか。それは心強い。いや、ぜひにもご助力を下されよ」

　という次第になった。

「ところで……」

　田辺が辞去したあと、勘兵衛が松田に尋ねる。

「田辺さま……。たしか、奈良の駿河とか申しましたような」

「おうさ。あれにはわしも驚いた。謹厳実直な田辺さまが、あのような語呂合わせを知っていたとはのう」

「え、語呂合わせでございますか」

「なんじゃ。おまえ、あの意味が分からなかったのか」

「は。恥ずかしながら」

「ならぬ堪忍するが堪忍、というではないか」

「ははあ……。なるほど」

（それで、奈良の駿河か）

　腑に落ちた。

3

さて、大口を叩いてみたものの……。

勘兵衛は、日本橋北へと足を運ばせながら首をひねる。

危惧することがあった。

最近の名乗りは榎本其角、実家は堀江町《ほりえちよう》で、父親は膳所《ぜぜ》藩御殿医である竹下東順《たけしたとうじゆん》、その長男で竹下侃憲《ただのり》というのが本名だ。

六年前のこと――。

ある事情から勘兵衛は、日本橋室町《むろまち》から東に入る浮世小路《しようじ》先の〈丁々軒《ちようちようけん》〉という俳諧所を探っていたことがある。

そのとき〈丁々軒〉から、とびきり派手な服装の少年が出てきたものだ。

(あやつの、あのときの身形《みなり》ときたら……)

六年前、たしか一月の黄昏時であったが――。

あのときの竹下少年のさまを、まざまざと思い出して勘兵衛は微笑する。

当時の竹下少年は十四歳、若衆髷《わかしゆまげ》で空色の絹に墨絵の山水を書きつけ、なにやら判じ物らしい朱印を紋にした小袖に、帯は思いっきり細い木綿の小倉縞《こくらじま》、背には銀糸で文字らしき刺繍までほどこした伊達《だて》の薄着姿だった。

とんだ不良少年らしい、と思いつつ、勘兵衛が声をかけて〈丁々軒〉について尋ねると――。

――晩飯でも振る舞ってくれるか。

と、こうきた。

そうして連れていかれたのが、見世物小屋が立ち並ぶ葺屋町や堺町からほど近い、楽屋新道《がくやじんみち》にある［みのや］という掛け茶屋であった。

竹下少年は、［みのや］の常連で、以来、その掛け茶屋に行けば連絡が取れるようになった。

勘兵衛の足は、その［みのや］に向かっている。

（しかし……）

昨年の五月、堺町の人形芝居、七坂七太夫《ななさかしちだゆう》座から出た火で、あのあたり一帯は全焼している。

（はたして［みのや］は、今も残っているのか？）

勘兵衛の抱く危惧とは、そのことであった。

勘兵衛が、榎本其角と名を変えた竹下に最後に会ったのは二年前のことだ。

さる妻敵《めがたき》討ちに関わった勘兵衛は、竹下の人脈を頼って「みのや」に顔を出し、首尾良く名を変えた榎本其角に出会うことができた。

十八歳になった其角は、その名と同様に以前とは別人のように変わっていた。

髷は海老折《えびおり》、紺紬《こんつむぎ》の単衣《ひとえ》に黒字に白線の入った博多帯、それに紺の単羽織《ひとえばおり》と、すっきりとした容子になっていた。

（「みのや」が、もし再建されていたとして……今回も、首尾よくあやつと連絡が取れるかどうか）

柳の下の泥鰌《どじょう》を狙う心地もして、これまた勘兵衛の心掛かりでもある。

（いざとなれば……）

其角の実家がある堀江町を訪ねればすむことだろうが、なぜか、それは憚《はばか》られた。

遊びが過ぎて、父親から勘当同然に鎌倉の寺へ追いやられていたことや、江戸に戻ったのちの其角が名乗る榎本というのは、母方の姓だと聞いていたせいかもしれない。

（お！）

荒布橋《あらめはし》を渡りながら、勘兵衛は目を見張る。

昨年の大火ののち、東に連なる照降町《てりふりちょう》は焼け跡の瓦礫《がれき》の山だったが、すっかり元どおりに再建されていた。

越前大野に国帰りしている間に、そのように再建されていたとは、露知らない勘兵衛であったのだ。

その照降町を抜け、親仁橋《おやじばし》を渡りながら望見した堀江六軒町や葭町《よしちょう》も再建されている。

人通りも以前どおりで［市村座］や［中村座］がある二丁町《にちょうまち》にも芝居小屋が再興されて、かつての賑わいを取り戻していた。

さてその先の細道、楽屋新道に入った勘兵衛だが、その眼に蓑《みの》を逆さに吊るした竹竿が飛び込んできた。

言わずと知れた蓑を逆さに、のみや、とシャレた［みのや］の店看板であった。

だが、蓑も竹竿も新しい。

店内に入ると、造りは以前とあまり変わらないが、まだ木の香もするような新築だと分かる。

九ツ半（午後一時）に近いから、土間席は五分の入り、

「いらっしゃいまし」

小女の声に店内を見渡したが、かねて顔見知りのお春《はる》の姿はなかった。

「小上がりでもよいか？」

竹下少年時代から其角の常席であった小上がりに上がって、昼膳を注文する。

空腹であった。

ついでに、

「お春ぼうが見えぬようだが」

茶を運んできた小女に尋ねると、首を傾げたのち板場のほうへ引っ込んだ。

替わって、そろそろ六十に近かろうかという店主が出てきて、

「おや、これはお珍しい」

勘兵衛を覚えていたらしく、歯茎を見せた。

「無沙汰をしてすまぬ」

「なんの。いえね。お春ちゃんは、昨年の秋に嫁入りして、もうおりやせんのさ」

「そうなのか」

手蔓の糸が、切れかかったような心地がして、

「ときに、常連の其角は今もくるのか」

「ああ、あの悪太郎かい。折角《せっかく》、新規開店させたというのに、一度も顔を見せねえよ」

手蔓の糸は、完全に断ち切られたようだ。

「だがねえ」

店主が続ける。

「こないだ、お春ちゃんが顔を見せて言うには、あの悪太郎、ちゃっかり、お春ちゃんの店には顔を出しているようだぜ」

「お、それはどういうことだ？」

「いえね。お春ちゃんは、ここでの働きぶりを見込まれて、堺町の［成田屋《なりたや》］ってえ小茶屋の跡取りに嫁入りしたんでさあ。玉の輿というやつだ」

「小茶屋というと、芝居茶屋のことか」

かつて、越前福井藩の老女の動きを見張っていて、勘兵衛には、いささか芝居茶屋の知識があった。

大茶屋が高級食事処とすると、小茶屋は一般向けで、店を持たずに芝居小屋への出前を専門とする〈出方〉という仕出し屋もある。

「そうそう。いわゆる大茶屋じゃあねえが、たいしたもんだ。中村座の向かいにありまさあ」

「そうなのか」

では、そちらに向かわねばならぬな、と思っていると、［みのや］の亭主が続ける。

「なにね。［成田屋］の主ってえのは、例の市川団十郎《いちかわだんじゅうろう》の縁《ゆかり》でね。ってぇより団十郎の叔父貴にあたるそうだよ」

「ふうん」

これまた奇《く》しき縁だぞ、などと勘兵衛は思った。

かつて割元《わりもと》の政次郎親分から、団十郎の父親は桜田和泉町で地子《じし》総代（地主《じし》の代理人）を務めている〈菰《こも》の重蔵《しげぞう》〉だと教えられ、その重蔵は江戸の大侠客、唐犬権兵衛《とうけんごんべえ》の大親友だとも聞かされていた。

まあ、そんなことはどうでもよい。

昼膳を手早く食したのち勘兵衛は、すぐ裏筋の堺町へと向かった。

4

「あら、まあ」

お春が目を見張る。

「［みのや］の親父から聞いてな。きょうは悪いが客ではない。こちらに其角さんが顔を出すそうだな」

「はい。毎日のように見えますよ。相変わらずの酒飲みで……」

「そうなのか。いや、ぜひとも会いたいのだが……」

「おあいにくですねえ。いえ、きのうも見えてたんですが、明日……つまり、きょうから両三日ばかり顔を出せないが懸念は要らぬ、ところですよ。元もと心配なんかしてないのに、相変わらずおかしなお方ですよ」

「というと、どこか旅にでも出たのだろうか」

「でもなさそうですがね。なに三、四日もすれば来られますすんで、勘兵衛さまが会いたがっていたと、お伝えいたしますよ」

（そう、のんびりとはしておれぬのだ……）

なにしろ七日後のことである。

勘兵衛ははやる気持ちを抑え、

「いや。実は急いでおってな」

一拍を置いた。

「とりあえず酒をもらおう。もう少しつきあってくれ」

言って、手近の土間席に腰を下ろした。

繁盛している［成田屋］で、お春を一手占めして立ち話をしていることへの忖度《そんたく》であった。

旅かと聞いて、でもなさそうだ、と答えたお春に期待があった。

お春にも、なにか感じるところがあったのだろう。近間の小女《こおんな》に燗酒をと伝えて、お春は勘兵衛の横に腰を下ろした。

勘兵衛が問う。

「もしや、其角さんの行き先を聞いているのではないか」

「詳しい場所までは知りませんが、なんでもお師匠《つしょ》さんが神田上水《かんだじょうすい》の総払《そうばら》いを請け負っているそうで、それがもう三年ごしになるけれど、いよいよ大詰めとなったんで、御祝いかたがた、お師匠さんに会いに行ってくる、というようなことでございましたよ」

「ふむ。そのお師匠さんというのは、俳諧の……、ええとたしか桃青《とうせい》さんというお方ではないのか」

二年前、勘兵衛は其角から、桃青が神田上水の浚渫《しゅんせつ》普請を請け負ったという話を聞いたことがある。

「はい、はい。その桃青先生ですよ。ここにも一度来られました。無事に普請が終わったのちは、深川のほうに庵を結ぶことになっているんだと、上機嫌に話してましたもの」

(なるほど、話は繫がった……)

三年ごしの普請が終わりを迎え、其角はその労をねぎらうために桃青のもとに向かったようだ。

だが、その桃青は、いまどこにいる?

「で、お春さん。桃青先生の住処《すみか》を知ってるかい」

「さあて、魚河岸の近くだと聞いてはいますがねえ」

首をひねる。

(魚河岸か)

魚河岸といっても広い。

そんなところへ、銚釐《ちろり》酒と一品料理が届いた。

「いや、長長とすまなかったな」

お春に礼を言い、盃を満たした。

(これから、どう動くか……)

勘兵衛は思考を巡らす。

5

読者諸氏にはすでにお気づきのことと思うが、桃青というのは、のちの松尾《まつお》芭蕉のことである。

芭蕉は伊賀《いが》の上野《うえの》に生を受けた。

伊賀上野は、伊勢は津《つ》の藤堂《とうどう》藩の支城があるところで、城下には侍大将で五千石の藤堂新七郎《しんしちろう》家というのがあった。

芭蕉の本名は松尾宗房《むねふさ》というらしいが、十四歳ごろに、先の藤堂新七郎家に武家奉公人として入り、そこでは半七《はんしち》と呼びならわされていたそうな。

さて、新七郎家には主計《かずえ》という男児がいて、半七より二歳の年長、年が近かったせいか、この若さまに半七は友のような扱いを受けた。

その若さまは京の俳諧師、北村季吟《きたむらきぎん》の門人で、俳号を蟬吟《せんぎん》といい、半七もいつしか俳諧の道をたどり、名を藤七郎と改め、宗房の俳号で俳諧の世界で実力を認められるようになった。

そんななか、主君ともいえる蟬吟が二十五歳の若さでこの世を去った。

藤七郎は俳諧を続けつつ、なお藤堂新七郎家で武家奉公人を続けたが、二十九歳の春に藤堂家を致仕して江戸に下る。

これより八年の前、寛文三年（一六七二）のことだった。

江戸で藤七郎が頼ったのは、日本橋大舟町《おおぶなちょう》（のち本船町《ほんふなちょう》）の名主の家である。その名主は小沢太郎兵衛《おざわたろべえ》といって、俳号は得入《とくにゅう》、藤七郎と同じ北村季吟の門人であった。

小沢家に腰を落ち着けた藤七郎は、名を甚七《じんしち》と変えて町名主の帳役などを務めていたが、三年後の延宝三年、三十三歳にして桃青を名乗り俳号とした。

そしてその翌年には、故郷に帰り甥の桃印《とういん》を伴って江戸に戻ると、小沢家を出た。

やや長長と評伝めいたことを記したが、もちろん勘兵衛は、そのようなことは知る由《よし》もない。

勘兵衛が［成田屋］で、酒を含みつつ思案の末に、思い出したのが杉風《さんぷう》である。

これまた俳号で、魚河岸の中心地ともいえる小田原町《おだわらちょう》（のち本小田原町）で、幕府御用の［鯉屋《こいや》］という魚問屋の若旦那であった。

勘兵衛が杉風に会ったのは、唐渡りの猛毒である芫菁を調べていたころで、もう五年も昔のことだ。

幸いに杉風こと鯉屋市兵衛《いちべえ》は勘兵衛のことを覚えており、桃青の住居が知れた。

［鯉屋］とは目と鼻の先、小田原町にある小沢太郎兵衛店《だな》とのことである。

つまりは桃青、最初に厄介になった小沢太郎兵衛が、隣町に所有していた貸家へと引っ越していたのである。

そこで勘兵衛は、まずは小田原町の自身番屋に立ち寄った。

江戸の町内に必ずひとつある自身番屋は、町町の〈交番兼区役所出張所〉に相当するところで、初めての家を訪ねるとき、これほど頼りになるところはない。

住人の家族構成から、職業や暮らし向きまでを熟知している。

小田原町自身番屋には三人がいて、二人が将棋に興じており、残る一人が帳付けをしていた。

「すこしばかり、お尋ねをいたしたいのですが……」

松田の役宅から飛び出してきた勘兵衛だったので、羽織袴の出で立ちだ。

「へい。なんでございましょう」

務めを持つ武家と見取ったか、帳付けをしていた書役らしい男が出てきて丁重に頭を下げた。

「小沢太郎兵衛店に住む、桃青先生のことなんですが……」

「ははあ、俳諧師の桃青さん」

「そうです」

「北へ半町（約五〇メートル）ばかり先の左手に小沢太郎兵衛店があり、その路地口の平屋の一軒屋が桃青さんの住居ですが、あいにくと、このところは留守にしておられる」

「それは聞いております。なんでも神田上水の浚渫工事を指揮されておられるとか。桃青先生には、ほかにご家族はおられないのでしょうか」

　家族であれば、桃青が今どこにいるのかを知っていようとの目論見《もくろみ》だった。

「おかみさんと、赤児も含めた幼いお子さんが三人おられるんだが、おかみさんは産後の肥立ちが悪くて、床離れができねえ。それで、いずれかにお預けになっているようでさあ」

「そうなんですか」

「そうなんだ。もう一人甥っ子のトウインという若者がいるんだが、こちらは桃青さんに同行してるんで、ここんところ、お店《たな》は空き屋同然でさあ」

「ふうむ……」

　こりゃあ困ったと思っていると、書役が言う。

「でも、いま桃青さんが住んでいるところは分かりますよ」

「お、そうなんですか」

　思いがけぬことだった。

「へい。堰浚《せきさら》えのたびにここから通うのはてぇへんだ。で、関口村《せきぐちむら》の大洗堰《おおあらいせき》近くに水番屋があって、そこに住んでいらっしゃる」

「関口村の大洗堰ですか」

「ちょいとお待ちを」

　書役が、なにやら帳面を取り出してきて確かめ、

「これこれ。ええっと関口水道端《ばた》に、水神さまを祀《まつ》る関口八幡宮というのがありやしてね。水番屋は、そこの境内にあると聞いておりやす」

「そうですか。いや、ありがたい。ときに、その関口村というのは、どのあたりになりましょうか」

　絵図で確かめればすむことだが、書役がいやに親切なので尋ねてみた。

「小石川《こいしかわ》はご存じで」

「はい。水戸さまの江戸屋敷があるあたりでしょう」

「それなら話は早うござんすよ。ええっと、神田川筋に沿って西へ西へと進みますと、右手に水戸さまの江戸屋敷」

「小石川御門のあたりですね」

「そうそう。もうちぃっと西へ進むと、北のほうから江戸川《えどがわ》が流れ込んでめえりやす。でもって、次はその江戸川に沿って、そうさなあ、二里と少し遡《さかのぼ》ったあたりが関口村でござんすよ」

「いや、ありがたい。このとおり礼を申しあげます」

親切な書役に勘兵衛が頭を下げると、

「ときに、お侍さま」

「はい」

「桃青さんに、会いに行かれるのでしょう」

「そのつもりですが……」

「なら、ちょいとつけ加えておきやしょう。桃青さんが普請なさっているのは、水道の総払いでござんすから、江戸川から少し北の水道筋ということになりやす」

「そうなんですか」

「へえ。神田上水は、一旦は水戸さまの屋敷内に入ったあと、この日本橋まで流れてくるんでござんすよ」

「それは知らなかった。いや、重ね重ね礼を申します」

どこまでも親切な書役であった。
（さて……）
関口村は、かなり遠そうだ。
（明日のことにせねばならぬだろう）
一旦は松田役宅に戻って報告を入れ、出直すことにした。
さて、話に出た関口村の大洗堰――。
江戸名所図絵によると、以下のように著わされている。

目白《めじろ》の涯下《がけした》にあり。承応《じようおう》年間（一六五二―五五）、厳命により、当国多磨郡牟礼《たまごおりむれ》村井頭《むらいのかしら》の池水をして、江戸大城の下に通ぜしむ。その頃この地に堰《せき》を築かせられ、その上水の余水を分けらるる。天明《てんめい》六年丙午《ひのえうま》（一七八六）の洪水に堰崩《いぜきくず》れたり。ここにおいて再び堅固に築かせられ、古《いにし》へより一尺ばかりその高さを減ず。ゆゑに水嵩《かさ》むときは、その上を越えて流れ落つるゆゑに、損ずる患《うれ》ひなしといへり。

と——。

放下師《ほうかし》・都右近《みやこうこん》

1

　江戸の町は入り江を埋め立て市街地としたところなので、掘っても塩分を含んだ水しか出てこない。

　江戸幕府開府の当初は、千鳥ヶ淵や赤坂溜池などの貯水池を作ってまかなっていたが、人口はどんどん増えていく。

　とても追っつくものではない。

　そこで手がけられたのが上水道の整備で、今や江戸には神田上水に千川《せんかわ》上水、玉川《たまがわ》上水、青山《あおやま》上水、三田《みた》上水、本庄《ほんじょう》（のち本所）上水と六つの上水道でまかなわれている。

越前大野藩江戸屋敷がある愛宕下や、勘兵衛の町宿がある露月町あたりは、上記の青山上水の世話になっていた。

〈水道の水で産湯《うぶゆ》を使い……〉

というのが江戸っ子の自慢であったが、いちばん先に完成したのが、桃青が関わる神田上水であった。

井之頭《いのかしらいけ》池を水源とする神田上水は、目白関口村に大洗堰を設けて分水し、水戸藩江戸上屋敷内に入ったあと、邸内の飲料水や生活用水及び庭園の池水などに使われたのち屋敷を出る。

その後は御茶ノ水《おちゃのみず》の懸樋《かけひ》（水道橋）で神田川を渡って分岐して、神田や内神田、さらには南北日本橋の武家地や町人地へと給水された。

さて、水戸藩邸を出たあとの神田上水は、すべて地中に埋設された樋《とい》を伝って分水される。いわゆる暗渠《あんきょ》であった。

しかしながら、関口の大洗堰から水戸藩邸までの水道は、白堀《しろぼり》といって、開渠《かいきょ》の水道である。早い話が、空の下を流れる人工の川のようなものだ。

放っておけば塵芥《ちりあくた》や落ち葉が沈み、土砂がそこに堆積する。

すると、いずれは水の流れが滞るから常日頃に、堀底を浚《さら》わなければならなかった。

延宝のこのころ、この浚《しゅん》渫《せつ》工事のことを〈総払い〉と呼んでいたが、二十年ばかりのちの元禄の半ば過ぎには〈総浚い〉と呼び名が変わった。

桃青は、三年前からこの〈総払い〉を請け負っていたのである。

ちなみに、小田原町自身番屋の親切な書役が教えてくれた、桃青が住む関口八幡宮の水番屋というのは、[関口芭蕉庵]の名で旧跡として残った。

関口八幡宮のほうはもうないが、目白坂下の老舗のパン屋の敷地内に[水神社]として今も祀られている。

明くる四月十二日の朝、勘兵衛は裁着袴《たっつけばかま》を着用し、昼食用の握り飯だけを携えると、露月町の町宿から関口村へと向かった。

初夏の空は雲ひとつなく晴れ渡り、中天では鳶《とんび》が輪を描いている。

また新緑もみずみずしい。

不安要素を抱えながらも、気持ちよい道行《みちゆき》になりそうだった。

筋違橋《すじかいばし》で神田川を渡り、川筋を遡っていくと、やがて湯島《ゆしま》の昌平坂《しょうへいざか》。

便宜的に昌平坂と書いたが、この当時の名は団子坂《だんござか》という。

十年後の元禄三年に、第五代将軍の徳川綱吉の肝煎りで、昌平黌《しょうへいこう》(湯島聖堂。のちの昌平坂学問所)が創建されたことで坂の名も変わった。

その学問所の前身は〈弘文院《こうぶんいん》〉といって、江戸遊学中の塩川七之丞が学んでいたところであった。

ついでながら、現代の昌平坂はのちのちに生まれた坂で、相生坂《あいおいざか》と呼ばれている坂のほうが、元の昌平坂により近い。

このあたり、北には湯島台、南には駿河台《するがだい》があって、溪谷のような地形となっているが、神田川が開削される以前は、ひとまとめに神田山と呼ばれていた。

ところで、ここら一帯の地名を〈御茶ノ水〉と呼ぶ。

その由来については、JR御茶ノ水駅の西側、かえで通り取っ付きの交番脇に、あるいは植え込みに埋もれているかもしれないが、古い石碑があって、こう記されている。

慶長《けいちよう》の昔　この邊《あた》り神田山の麓に高林寺《こうりんじ》という禅寺があった　ある時　寺の庭より良い水がわき出るので将軍秀忠《ひでただ》公に差し上げたところ　お茶に用いられて大変良い水だとお褒めの言葉を戴いた。それから毎日この水を差し上げる様になりこの寺をお茶の水高林寺と呼ばれ　この邊りをお茶の水と云うようになった。其の後、茗渓《めいけい》又小赤壁《しょうせきへき》と称して文人墨客《ぶんじんぼっかく》が風流を楽しむ景勝の地であった。時代の変遷と共に失われ行くその風景を惜しみ心ある人達がこの碑を建てた。

　お茶の水保勝会　坂内熊治

　高林寺　田中良彰

昭和三十二年九月九日

少しばかり寄り道をしたが、勘兵衛は寄り道などせずに、神田川沿いを遡っている。

やがて水道橋に近づいたころ、向こう岸に一叢《ひとむら》に咲き誇る朱色の花の宿を見た。

三崎稲荷《みさきいなり》の境内に咲く皐月《さつき》だった。

（美しい……）

出遊びではないが、勘兵衛はひととき足を止め、眼を和《なご》ませる。

露月町の町宿を出てから、ここまではおよそ一里半（六㌔）、さして急ぎ足ではなかったが、まだ一刻（二時間）もかかってはいない。

だが、目指す関口村へは、まだ二里以上もある。

再び勘兵衛は歩きはじめた。

（正午までには、着きたいものだ）

そんなことを思っている。

右前方に徳川御三家のひとつ、常陸《ひたち》水戸藩の江戸屋敷が見えてきた。

とにかく広大である。

敷地は、十万千八百三十一余坪というから驚くべき広さだ。

跡地である現代の小石川後楽園の、およそ四・七倍の広さだから、推して知るべし、だ。

当主は参議の官位を持つ徳川光圀《みつくに》で、五十二歳であった。

水道橋を過ぎたあたりの河岸《かし》は、広小路とも見まがう広さで市兵衛河岸《いちべえがし》という。

火除《ひよ》け地も兼ねているのだ。

それが小石川御門あたりまで続く。

2

どこまでも武家屋敷が続く。

やがて、前方から腹に響くような水音が聞こえてきて、その音が次第に大きくなる。

南下してきた江戸川が、神田川に流れ込む音で、その川尻のあたりを里俗では〈どんどん〉と呼んでいた。

それほどに、水音は高かった。

その〈どんどん〉の地に架かる橋は船河原橋《ふなかわら》といって、渡った先は牛込《うしごめ》の地に入る。

自身番所の書役に教えられたとおり、橋は渡らず右折して江戸川左岸を遡っていった。

この道も、また向こう岸にも旗本屋敷がひしめくように建ち並び、さかんに棒手振《ぼてふり》商人たちが行き交っていた。

そういえば、筋違橋《すじかいばし》を渡って以来、ついぞ町人地を見かけていない。

(さぞ買い物は不便だろうな)

せいぜいが寺社の門前町に頼る以外は、出入り商人の御用聞きや、棒手振を当てにするほかはないだろう。

そんなことを思いながら、勘兵衛は川沿いの緩やかな坂をたどる。

最初の橋は竜慶橋《りゅうけいばし》というが、橋袂に辻番所があった。

念のため、番人に尋ねた。

「お尋ね申します。神田上水の白堀には、どう行けばよろしかろうか」

壮年の番人が、番所から出てきて北を指した。

「二町（二〇〇《メートル》）ほど先にも、辻番所がござんしょう」

「はい。見えます」

「そこんところから、川は西へと曲がりやすが、道なりに進みやすと次の辻番所がござんしてね。そこんところを右に曲がるってえと、水道に行き当たりやす」

「よく分かりました。助かります」

「もしや、総払いの普請に御用じゃあ、ねえですか」

「実は、そうなんです」

「するてえっと、ちぃと遠回りでござんすねえ。今の普請は御槍組大縄地のあたりでござんすからねえ」

「え……。御槍組の……?」

　このあたりまで足を伸ばしたことのない勘兵衛には、不案内この方ない。

　すると番人は身体の向きを変えて、東を指した。その方向に道が伸びている。

「あの道は、水戸さまの百間《ひゃっけん》長屋に通じる道でやんすが、最初の三叉路を左に曲がりやすと諏訪《すわ》神社ってえのがありやして、その先が白堀、その左っかわが御槍組の大縄地ってえ具合でさあ」

「じゃあ、総払いの普請は、そのあたりですか」

「そういうこってすねえ」

（これは……！）

なんという僥倖《ぎょうこう》だ、と勘兵衛は思う。

そうと知らねば、関口村まで無駄足を踏むところであった。

番人にかたがた礼を述べて、江戸川を背に進みはじめた勘兵衛だが、途中でふと足を止めた。

番人に教えられねば、無駄足は四里以上にも及んだだろう。

紙入れ（財布）を取り出し、礼金として一朱金を懐紙に包み、引き返して番人に渡した。

番人は大いに恐縮したが、勘兵衛にすれば二刻（四時間）以上も時間を無駄にせずにすむから安いものだ。

勘兵衛は僥倖と感じたが、実のところ小田原町自身番所の書役といい、竜慶橋袂の辻番人といい、必要以上に親切だったのはほかでもない。

日ごろに横柄な口利きをする武家とはちがい、勘兵衛の丁寧な語調に好感を抱いたのだ。

まあ、勘兵衛の人徳ともいうものだろう。

さて、教えられたとおりに道を進むと左手に諏訪《すわ》神社があって、神田上水の白堀に突き当たった。

(ふむ)

左手の先で、何十人とも知れない数の人足、人夫が蠢いている。

(あれらしい)

勘兵衛は、人足たちを指図している頭らしい男に近づいて尋ねた。

「もしや差配どのですか」

「ん……?」

色黒の、悪相ともいえる男が振り向くなり目を剝いた。

(桃青先生ではないな……)

「いや。日本橋小田原町の桃青さんが、どこにおられるかと尋ねたのです」

「おう。桃青の旦那で……」

色黒が眼をぱちくりさせたのち、勘兵衛が歩んできた右後方の上部を指さした。

「ほれ、向こう岸の。水戸さま屋敷の隣りに丘があるだろう。あそこに牛天神《うしてんじん》がある。旦那はそこに陣取ってらあ」

「さようか。いや、お邪魔をした」

首尾は上上と思いつつ道を引き返し、橋を渡って龍門寺《りゅうもんじ》に向かう。

ここが牛天神と呼ばれる由来は、〈牛石〉と呼ばれる、源　頼朝《みなもとのよりとも》ゆかりの巨大な岩があるからで、それを撫でると願いが叶うといわれている。

現代では北野《きたの》神社と名は変わったが、〈牛石〉は健在だ。

まず山門があり、泉松山龍門寺《せんしょうざんりゅうもんじ》の扁額が架かる。

その先に鳥居があり、急階段が長長と続いていた。

上りきったところに、また鳥居があって、境内は思った以上に広大だし、参拝の客も多い。

（さて……）

二の鳥居をくぐったところで、境内を見渡していた勘兵衛だが――。

「や！」

思わずつぶやいた。

左奥に藤棚があって、今を盛りと藤の花が咲きはじめている。

さらにその奥、崖上に建ち並ぶ茶店の一画に、紺と赤の弁慶縞《べんけいじま》の単衣《ひとえ》という、やけに目立つ衣装が目についた。

（ありゃあ、其角ではないか）

やや早足になって近づくと、まちがいなく其角のようだ。

緋毛氈《ひもうせん》を敷いた床几に大徳利を置き、藤の花を愛《め》でながら盃を口に運んでいる。

3

「寝耳に水、灰吹きから蛇が出る、ってやつじゃねえか」

突然の勘兵衛の訪問に、大いに驚く其角に、かくかくしかじか、と、ここへたどり着くまでの経緯《いきさつ》も含めて、話をすること小半刻（三十分）ばかり。

「ほほう。なんと将軍さま御上覧か。そいつぁおもしれぇ」

其角は目を輝かせて、しばらく思案をしていたが、

「ふむ。いいのがいる」

「そうなのか」

「おう。さっそくに、お春ぼうの店に向かおう」

「え、堺町の［成田屋］にか」

「そうさ」

「そりゃ、また、どういうことだ？」

「詳しいことは、道道に話そう。俺はちょっくら、師匠に断わりを入れてくる。勘兵衛さんは、ここで酒でも飲みながら待っててくれ。ほれ、ここからだと富士のお山もよく見えるぜ」

と、南に視線を転じた。

なるほど、晴れやかな富岳が望見できた。

（こりゃあ、思わぬ目極楽だな。さしずめふじ尽くしではないか）

いずこかへ消えた其角を待ちながら、藤の花と富士の山と、交互に眺めつつ其角が残した酒を飲む。

酒の味も格別だ。

（とうとう、桃青先生には会えずじまいだったな）

元より桃青に用はないのだが、少しばかり残念な気もする勘兵衛だった。


しばらくののち、勘兵衛と其角は肩を並べて水戸さま屋敷の南に通る、百間長屋の道を歩いていた。

百間長屋とは単なる言いまわしで、水戸藩江戸屋敷の家士たちの御長屋が、ずらーっと続いているところからの呼称であった。

「いつもいつも、頼みごとばかりですまぬな」

勘兵衛は三年前にも、この其角に絵師の菱川師宣《ひしかわもろのぶ》との橋渡しを頼んでいた。

「なあに、頼ってもらって、かえって光栄だ。こう言っちゃあなんだが、前は妻敵《めがたき》討ちで、今度は将軍さま御上覧ときた。勘兵衛さんの頼みというのは、とひょう途轍《とてつ》もないことばかりで、頼まれがいがあるというものさ」

「さて……?」

勘兵衛は首をひねる。

「あのとき、妻敵討ちの話など、しなかったように思うのだが……」

「なあに」

其角が含み笑う。

先の市兵衛河岸に出たあたりで、通行人が二人に好奇の目を向けてくる。

方やは裁着袴《たつつけばかま》をはいて、やたらに長い刀剣を帯びた武士、方やが赤と紺との弁慶縞という、どうにも目立つ衣装の、木に竹を接いだような、つまりはチグハグな二人連れだったからだろう。

「あれは富ヶ岡《とみがおか》の［利根八楼《とねはちろう》］の座敷だったよな」

「うむ」

「勘兵衛さんが、色惚け爺い……いやいや、天下の師宣先生と話している間に、八次郎さんから、探している妻敵が、浮世絵師の菱川ナントカだと教えてもらったんだよ」

（あの、おしゃべりめ）

勘兵衛は苦笑した。

「それにしても、なんだ」

其角が続ける。

「前のときもそうだったが、俺に用があるたびに、お春ぼうを訪ねていくというのも芸のない話ではないか」

「それは仕方あるまい。放蕩三昧《ほうとうざんまい》の其角さんの行方を知る者は、お春さん以外には思いつかないでな」

「そう言われると、穴あらば入りたしの心地もするが、実は先年より陋宅《ろうたく》を構えた」

「お、そうなのか」

「うん。親父の跡目は弟に譲ってな、堀江町の家を出たんだ」

「ほう。で、いずこだ」

「八丁堀は南茅場町《みなみかやばちょう》、薬師堂の近くだ」

「あのあたりなら、覚えがある。遣い物の酒を求めに［鴻池屋《こうのいけや》］という下《くだ》り酒問屋に、ときどきは行く」

「おう。俺はそこの大得意先だ」

と、其角、心持ち胸を張る。

昨年の一月、勘兵衛は辻斬りに遭い、なんらかの風評でも得られるかと、大番屋近くの一膳飯屋に入ったことを思い出し、

「［鴻池屋］からちょいと南に下った角に、けっこう旨い一膳飯屋があったな」

「こりゃ驚いた」

其角の声が高まった。

「その一膳飯屋なら、我が陋屋《ろうおく》の川を隔てた向かいだ。もっとも、あの店には小上がりがないんで、めったには行かぬのだが……」

これには、勘兵衛も驚いて、

「向かいということは……。ふむ、薬師堂の……」

「そう。山王さんの裏手だ。恥ずかしながら軒下に〈易医《えきい》 順哲《じゅんてつ》〉の看板を上げておる」

「えきい？」

「平たくいえば医者だよ。易学による医術のことでな。朱子学《しゅしがく》の流行で易医というのが見直されている」

「其角さんが働く姿など、想像もつかぬが……」

「そう言われると一言もないが、実家を出るにあたっては、医者として独立するとの方便が必要だったのさ」

だ、そうだが、ほんとうに働いているのかは定かではない。

互いの近況について話は尽きないが、勘兵衛としては、そろそろ本題に入りたかった。

4

「で、［成田屋］に向かうというのは、どういうわけだ」

改めて尋ねる。

「決まってらあ。昼飯を食うのさ。もちろん、振る舞ってもらうぜ」

「ははあ、そいつはいいが……」

なるほど、堺町まで戻るとなると、正午をかなり過ぎた時刻になろうか。用意してきた握り飯は無駄になろうが、是非もない。

其角が言う。

「心配はない。目当ての芸人は、堺町の［松村又楽座《まつむらまたらくざ》］で興行中だ」

「そうなのか。で、どのような演《だ》し物だ」

「そいつぁ、見てのお楽しみだ。言っておくが、操り浄瑠璃よりは、はるかにおもしれえぞ。朝興行が一回、昼興行が二回あるが、まず前座があって、目当ての演し物は中入後《なかいり》だ。昼飯をゆっくり食っても間に合おうってもんさ」

と、得意そう、

照明の関係上、興行時間は明け六ツ（午前六時）から夕七ツ（午後四時）まで、と定められているくらいは、勘兵衛も知っている。

「それは楽しみだ。で、どんな演し物なんだ？」

重ねて尋ねる。

「しょうがねえなあ。ひとことで言えば放下師《ほうかし》だ」

「放下師というと、曲芸や手妻《てづま》の？」

「そうだ。見たことはあるか」

「いや。話に聞いたことはあるが、見たことはない」

「そうだろう。そんじょそこらの手妻ではない。奇妙奇天烈《きみょうきてれつ》、驚くぞ」

などと話しているころには御茶ノ水付近、神田川を渡る上水道懸樋《かけひ》が見えてきた。

「で、その放下師の名は、なんというんだ」

「京から下ってきた都伝内《みやこでんない》というんだ。江戸にきて最初のうちは、木挽町《こびきちょう》にあちこちある小屋掛け舞台なんかで芸を見せていたんだが、その人気に目をつけた、［松村又楽座］の座元から常打ちを頼まれて、堺町へ移ってきたそうだ」

「ほう。都伝内、というのか」

相槌を打ったものの、勘兵衛には不案内な世界だ。

「ところがな……」

と、其角の話は続く。

「あいにくなことに、と言うか、ほれ、堺町には［都座《みやこざ》］というのがあるだろう」

「あいにくと知らぬ」

「お、懸詞《かけことば》としゃれたのか」

「そんなつもりはない。ほんとうに知らぬのだ」

「いや、いや、相変わらずの石頭のようだ。つまりだな。［都座］の座元も都伝内といって、狂言作者であると同時に俳優でもあり、その名はあまねく広まっておるのだ」

「つまりは、同姓同名の……」

「そういうこった。で、新伝内は遠慮して、今は都右近と改名したというわけだ」

「早い話が、都右近だな」

「そういうこった。あとは見てのお楽しみだな」

「ふむ」

なんだかんだと尾ひれをつけるより、都右近だと答えてくれたほうが早かったのではないか、と勘兵衛は思うのだが、そんなことは噯《おくび》にも出さない。

歌舞伎《かぶき》の元祖は出雲阿国《いずものおくに》や、その夫である名古屋山三郎《なごやさんさぶろう》といわれ、寺院の境内や河原で演じられていたそうだが、江戸府内に常設の芝居小屋が開かれたのは、寛永元年（一六二四）と伝えられる。

それから五十六年――。

幕府《おかみ》によって女歌舞伎が禁じられ、そののちの若衆歌舞伎も禁じられて、と制限を繰り返してきた江戸歌舞伎だが、延宝のこのころ、櫓《やぐら》を上げることを許された、すなわち公許の歌舞伎劇場は、僅かに四つきりだった。

それゆえ江戸四座と呼ばれたのは、京橋南の木挽町《こびきちょう》にある森田座《もりたざ》に山村座《やまむら》、日本橋北の葺屋町にある市村《いちむら》座と、堺町の中村《なかむら》座であった。

その中村座の東のはずれ、次の四つ角の先は旧吉原町であった新和泉町、というあたりに［松村又楽座］はあった。

「ここだよ」

「ほう」

想像していたより、ずいぶんと小さい小屋だ。

（はたして……）

いささかながら、勘兵衛は不安を感じはじめながら、

「木戸銭はいくらだ」

「一人三十六文に下足札が四文、貸し座布団が四文で、都合四十四文」

其角が呪文のように唱える。

「ずいぶんと安いな」

言いつつ勘兵衛は、懐から巾着《きんちゃく》を引っ張り出す。

江戸の町を歩くのに、一文銭や波銭（四文銭）は必需品だ。

勘兵衛は紙入れとは別に、小銭用の巾着を持ち歩いていた。

それを横目に見ながら、其角が言う。

「安いもなにも、どこの小屋でも、そんなもんだ。さては勘兵衛さん、小屋に入るのも初めてだな」

「悪いか」

「そう、とんがりなさんな。安いなどと言うからさ」

「聞くところによると、歌舞伎の桟敷席は金一分二朱はするという。それに比べれば、という意味だよ」

ちなみに金一分二朱を、現代の価値に直せば四万円弱ほどで、四十四文は千百円ほどになろうか。

「そうは言うがなあ、勘兵衛さん」

「うん」

二人なら波銭が二十二枚……勘兵衛が銭を数えていると、其角が勝ち誇ったように言う。

「大芝居の桟敷席なら七人が座れるし、ほかにも〈一幕見《ひとまくみ》〉というのがあって、たったの十六文（四百円）だぜ」

大芝居というのは、歌舞伎のことだ。

(知らなかった……)

娯楽の世界で其角に勝てるはずもない。

5

「とにかく、入ろう」

各各に座布団を受け取って、鼠木戸《ねずみきど》と呼ばれる狭い木戸を抜けると、枡席《ますせき》ではない入れ込み席で、客は七分ほどの入り。

舞台では舞台衣装をつけた子供たちが、甲高い声を張り上げている。

「…………」

隣りで其角が言う。

「この小屋は、元もとが子供狂言の小屋なんだ」

「ふうん」

「だんだんに客の入りが悪くなり、子供狂言を前座にして、都右近を引っ張ってきたってことさ」

「なるほど」

「あの様子じゃ間もなく中入《なかいり》だ。とにかく席をとろうぜ」

言うと其角が先立ちして、

「はい。ごめんよ。ごめんなさいよ」

老若男女の客を掻き分けるように、舞台に近づいていく。勘兵衛も続く。

四文をけちって、座布団のない客もいた。

窓明かりはあるものの、場内は薄暗い。

きょうのような晴天でこれだから、曇り空や雨の日は、そうとうに暗かろう。

舞台のほうは龕灯《がんどう》でも仕込んであるらしく、ひときわ明るい。

「ここにしようか」

ちょっとした空きを見つけて其角が言い、

「枝が触ります」

と周囲の客に言うと、客たちが少しずつずれて空間を作ってくれた。

其角が言ったのは、申し訳ないが少し隙間を空けてください、ほどの意味で、人で溢れる江戸では湯屋などでも使う、気配りの慣用語であった。

待つほどもなく子供狂言が終わり、中入に入ると、客たちのざわめきが高まった。

其角が後ろを振り返って言う。

「見てみろ。都右近が目当ての客がどんどんとくる。すぐにも満席だぜ」

勘兵衛も見ると、なるほど、あちこちで「枝が触ります」のせりふが聞こえてくる。

そんな雑然とした場内に、先ほど舞台に立っていた子供たちが、舞台衣装のままで、

「くじ買っとくれ。松が当座の只見札五枚、竹が三枚、梅が一枚、くじの値は十六文。

さあ買っとくれぇ」

と、かまびすしい。

あの手この手で稼ぐものだ、と勘兵衛は感心する。

そして、いよいよ都右近の芸がはじまった。

まずは、舞台袖からの三味線と太鼓のお囃子《はやし》に乗りながら、軽い曲芸を二つばかりこなし、

「これより、枕返《まくらがえ》し《みえ》ー」

と、都右近が見得を切るや、場内にやんやの大喝采が湧き起こる。

すると舞台の袖から振り袖姿の娘二人が、箱枕を両手一杯に抱えて登場した。

右近が右手で箱枕を取っては五つ、六つと数を増やしながらお手玉に取る。

さらには、ポンと空中に投げて左手で受ける。

受けるたびに、太鼓がドンと鳴る。

これを繰り返すうち、左手の箱枕が重なっていき、娘一抱えの箱枕が無くなったときには、人の背丈を遥かに超えるほどの高さに箱枕が積み上がっている。

それだけではない。

「やっ！」

右近が声を発して腰をひねると、積み重なった箱枕が斜めに傾ぎ、

「よっ！」

の掛け声で、元に戻る。

(いや。たいしたものだ)

勘兵衛は感心するが、それで終わりではない。

と、舞台描写を続けたいところだが、これではきりがない。

いろんな芸が続いた最後の演目には、度肝を抜かれた。

なにがどうなっているのかは分からないが、三つの筒を使って、なにもないところから、次次といろんなものを取り出す芸があり、取り出したものは、娘たちの手で舞台上の床几の上に並べられる。

その都度、都右近は観客に向けて、筒の中が空であることを確かめさせた。

鳥籠が出た。

次に卵が二つ出た。

出たと思ったら、再び筒の中に戻された。

そのたびに、都右近の口上がある。

「さて、お立ち合い」

一声発して、右近の手が筒内に入ると、取り出したのは生きた雀で、これは先ほどの鳥籠に、さらにはもう一羽を取り出し、鳥籠には二羽の雀が入った。

次には鳥籠ごと筒に戻して、出てきたのは生きた雄鴨《おがも》、これを娘に抱えさせ、さらにもう一羽の雌鴨《めがも》を出して残る娘に抱えさせる。

「さて、いよいよ本日の見納めでございます。題して、夫婦《めおと》鴨、絵姿となってその姿を留めるー」

との口上で、娘が抱えていた二羽の鴨が筒に戻され、ぱっと空中に筒が投げられ、くるくるっとまわったかと思うと、筒の中から紙片が舞い出る、
右近が筒を受け、娘二人が、はらりと舞い落ちる紙片を空中で受けて、二人で開いて観客に見せると、そこには池に遊ぶ極彩色の夫婦鴨が描かれていた。

演し物がはねて、客たちがぞろぞろと鼠木戸へと向かう。

「どうだ」

其角が尋ねてくるのに、

「いやあ、言語に絶する」

勘兵衛は、正直に感想を述べた。

「お眼鏡《めがね》にかなったか」

「もちろんだ」

「じゃあ、楽屋へ行こう」

「よろしく頼む」

「任せておけ」

やはり、其角は頼もしい。

桃青門弟独吟二十歌仙《とうせいもんていどくぎん》

1

都右近の内諾を得た勘兵衛は、かたがた其角に礼を述べ、松田のもとへと——。

「そうか。ようやった。では、さっそくにも田辺さまにお知らせしろ」

で、勘兵衛は、外桜田門外にある小田原藩江戸屋敷に向かった。

すでに陽は大きく傾いて、夕焼けがきている。

稲葉家家老であり留守居役の田辺信堅の役宅に通された勘兵衛が、此此《これこれ》の次第と報告すると、

「きのうのきょうというに、もう見つけてくれたか。いや、ありがたい」

田辺に深ぶかと頭を下げられて勘兵衛は恐縮し、

「決して、わたしの手柄ではございません」

放蕩の限りを尽くす其角とも言えず勘兵衛は、南茅場町に住む易医で榎本順哲の名を出した。

「そなたの、その人脈こそが宝なのじゃ。それゆえ殿も、そなたを頼れと申されたのだろう」

「恐れ入ります。しかしながら、都右近の芸が、はたして公方さま御上覧にふさわしいかどうか。一度、舞台をご観覧いただいたうえでお決めになっては、と思いますが……」

「なあに、先ほどのそなたの話を聞けば、都右近の芸が秀逸なのが、よく分かる。時日も迫っておることゆえ、今夜にも都右近のところへ人をやって、細かいところを詰めたいと思う。あとのことは、万事、当方にまかせておけ」

「承知いたしました」

「して、その都右近には、堺町の［松村又楽座］とかいう芝居小屋に行けば会えるのか」

「ああ、これは失礼をいたしました。都右近の住まいは住吉町《すみよしちょう》とのことでございました」

「ふむ。住吉町か」

田辺の傍らで、手元役と紹介された藤崎久三郎《ふじさききゅうざぶろう》が、さかんに筆を走らせている。

勘兵衛は、その筆が止まるのを待って続ける。

「もっと詳しく申せば、住吉町の家持《いえもち》で松村又兵衛という者がございます。この松村が先に申した［松村又楽座］の座元なのですが、都右近は、そこへ寄留しているとのことでございます」

江戸町人の大部分は店借り人だが、自分の所有地に住んでいる者もいる。

そういった人を居付《いつき》地主といい、家持と呼んだ。

田辺が言う。

「いや、まことに大儀に存ずる。なにか格段のことでもあれば、お知らせをするが、謝儀については改めて、ということになろう。その旨を松田どのに、よしなにお伝えいただきたい」

「承知いたしましてございます。では、わたしはこれにて、おいとまをさせていただきます」

勘兵衛は、辞去の挨拶を述べた。

2

それから二日経ち、三日経っても、稲葉家からはなにも言ってこない。

「どうやら、うまく運んでいるようじゃの」

松田が、そんな感想を述べ、勘兵衛もそうだろう、と思う。

（そろそろ桃青先生の、神田上水総払いも完了しているはずだ）

ならば、其角も八丁堀薬師堂裏に構えたという家に戻っているだろう。

勘兵衛は、そう考えた。

近しき仲にも垣を結え。

其角にも、改めて礼を述べておかねばなるまい。

この一月に、一万五千石を加増されて大政参与となった稲葉正則が、江戸城二ノ丸において家綱将軍を饗する二日前の、四月十六日のことである。

鉄砲玉のような其角のことだから、午後には行方知れずの公算が大きい。

だが、朝のうちなら在宅しているはず、と踏んで五ツ（午前八時）前に露月町の町宿を出た。

左手には、空《から》の三升入り角樽《つのだる》をぶら下げている。

園枝との婚儀のときに、あちこちから届いた角樽が、ごろごろと残っていた。

使いまわしにはなるが、祝儀でもなく、気の張った相手でもないから、良しとしよう、くらいの考えだ。

妻の園枝も、若党の八次郎もいないから、見送りはない。

庇下の石畳を踏み、立て板塀吹き抜け門を出たところで、ささささっ、と小犬が斜めに突っ切って、左隣りの家に飛び込んでいった。

(ははあ、あいつか)

左隣りの家は、大蔵流能小鼓の仁右衛門《にえもん》宅で、勘兵衛が国許に帰っている間に、ちんころを飼いはじめた、と飯炊きの長助から聞いていた。

ときどきは隣家から犬の鳴き声がしていたが、姿を見るのは、今朝が初めてであった。

ちんころ、というのは小さい犬が、ちいさ犬、ちい犬というふうに縮まっていき、ついにはちんとなったらしいが、この当時、種類によらず小型犬は、すべてちんとかちんころと呼ばれていた。

漢字だと狆《ちん》であるが、これは国字、すなわち和製の漢字であって、狆が室内愛玩犬として、大名屋敷や上流社会で飼われはじめるには、あとしばらくを待たねばならない。

もちろん飼い主のいる犬もいるが、江戸の町町を歩きまわっている犬にしろ猫にしろ、そのほとんどが飼い主もなく、近所にかわいがられて餌を与えられる、地域犬、地域猫とも呼べるものだった。

猛犬や狩猟犬は別として、基本的には放し飼いで。町と町とを隔てる木戸の隅には〈犬潜《いぬくぐ》り〉が設けられて、夜でも自由に通行できるようになっていた。

おおらかな時代のようだが、犬食い文化もあり、鷹狩りの鷹の餌にもされたため、犬にとっては過酷な時代ではあった。

だが、のちに〈生類憐れみの令〉が発せられるや、江戸の町には十万匹ともいわれるほどの犬が溢れて〈伊勢屋稲荷に犬の糞〉時代が到来する。

まあ、のちの話は傍らに置いて、勘兵衛は八丁堀へと向かう。

海賊橋《かいぞくばし》を渡って八丁堀入りした勘兵衛は、とりあえずは其角の家を探した。

其角が言ったとおり、例の一膳飯屋の向かい、桜川と呼ばれる水路を渡った先の薬師堂裏手に、〈易医　順哲〉の看板を掲げた家があった。

こぢんまりした家だ。

それだけを確かめ、踵を返して南茅場町の［鴻池屋］に立ち寄り、

「すまぬが剣菱《けんびし》を、持参の角樽に入れてくれぬか」

手代が言う。

「三升でございますね」

「うむ」

「かなりの重さになりますが、お届け先は遠方で？」

「いや。目と鼻の先の易医の家なんだが……」

「ああ、其角さんのお宅？」

「そう、そこです」

「それなら、追いかけてお届けをいたしますが」

「そうですか。じゃお頼みします」

料金を払って、手ぶらで其角宅を訪ねた。

腰高障子を開けて三和土に入り、

「ごめん、頼もう」

と声をかけると、奥から五十がらみの女が出てきた。

「わたしは落合勘兵衛と申します。其角さんはご在宅か」

女は、こくりと頷いて、また奥へと引っ込んだ。

おそらくは、飯炊き、雑用としての雇人《やといど》であろう。

それきり、なかなか出てこない。

そうこうするうちに、［鴻池屋］の酒が届いた。

其角がのっそり姿を現わしたのは、そののちで寝ぼけ眼《まなこ》の起き抜け。といった体《てい》で
ぼそりと言った。

「おう。きたのか」

「うん。過日の礼に罷り越した」

「わざわざなあ。とにかくは……上がってくれ」

言って上がり框の角樽に気づいたか、

「おやおや、ふうん。なんだか気を遣わせたようで悪いな」

「なんの。運ぼうか」

「なに、あとで婆さんに運ばせる。とにかく上がれ」

と、顎をしゃくった。

3

通された部屋は書室らしく、隅に膨大な書籍が積み上げられ、戸棚と文机が置かれた八畳の部屋だった。

なにより目を引いたのは、文机脇に、どんと置かれた手樽であった。

酒が一斗は入りそうな手樽で、表面には井桁に〈鴻〉の商標が入っているから、[鴻池屋]の貸し樽らしい。

勘兵衛は知らぬが、その手樽は、正式には柳樽という。

といって、柳の木で作った樽ではない。

もうこのころには没落していたが、京で古くから公家《くげ》などに愛された[柳酒屋《やなぎのさかや》]が使っていた手樽なので、その名がある。

勘兵衛の視線の先を見て、其角が言う。

「まあ、適当に座ってくれ。酒でも出そうか」

「朝っぱらから、なにを言う」

勘兵衛は畳敷きに胡座《あぐら》を組んで、続ける。

「それより、かなり酒臭いぞ。夕べ、そうとうに飲んだのだろう」

「ああ、明け方近くまで飲んでいた」

やはり寝起きだったようだ。

「あきれたな」

「なに、半分は勘兵衛さんのせいでもある」

「どうして？」

「いやさ。きのうの朝のことだ」

「ああ」

「稲葉美濃守さまの家臣だという、ええと……そうそう栗坂光太郎《くりさかこうたろう》とかいう御仁が尋ねてきて、こたびはいろいろと世話になったとか云云《うんぬん》で、礼金として五両を置いていった」

「なんと！」

やはり稲葉家の留守居役は、律儀であった。

「俺にとっちゃあ濡れ手に粟で、まんざらでもない。そんなところへ、もうひとつ嬉しいことが重なってな」

「と、いうと」

「ああ、これこれ」

其角は文机に手を伸ばした。

文机の上には、本が山と積まれている。

其角は、そこから一冊を取り出して勘兵衛に手渡した。

表題に『桃青門弟独吟《どくぎん》二十歌仙』とある。

桃青門下生の連句集のようだ。

表紙を眺める勘兵衛に、其角が続ける。

「榑正町《くれまさちょう》に本屋太兵衛《ほんやたへえ》という書肆《しょし》があってな。きのう、そこから刷り上がってきたばかりだ」

（なるほど。それが嬉しかったのか）

榑正町は日本橋南にあったが、昭和三年に廃止されて日本橋三丁目と変わった。

「ちびちび飲《や》りながら、そいつを読んでいたら、つい明け方を迎えてしまったのさ」

「そういうことか」

「そういうことさ」

「で、其角さんのも載っているのかい」

「あたりきよ」

其角が手を差しのべたので、本を手渡す。

自分の作品が載った本には、格別の思いがあるのだろうな。

勘兵衛が、そんなことを思っていると、

「これ、これだ」

広げられた本が戻ってきた。

「どれ」

其角が指し示した箇所には〈第十四〉とあり、詞書《ことばがき》らしきもののあとに〈螺舎《らしや》〉とある。

「螺舎、となっているが？」

「そりゃあ、俺の別名だ」

「いったい、おぬしには、本名以外にどれだけの名があるんだ」

「俳号だと思ってくれ」

「其角も俳号じゃないのか」

「いろいろとあるのさ」

「ふうん」

言いつつ、次をめくっていくと、次の〈第十五　厳翁〉まで四葉にもわたって句が続く。

「ずいぶんとたくさんあるな」

「そりゃあ歌仙だからな。三十六句と決まっている」

「そうなのか？」

「なんだ、あきれたなあ。そんなことも知らぬのか」

「悪かったたな」

知らぬものは知らぬのだ、と嘯《うそぶ》きながら勘兵衛は〈螺舎〉という俳号について考えていた。

螺、というのは巻き貝のことらしいが、書をめくっていくときに、ちらりと田螺《たにし》の文字が目についた。

すると、螺舎はさしずめ〈田螺の宿〉ということか？

「それより、俺の句はどうだ。皆とは言わん。発句だけでも感想を聞かせてくれ」

「どれどれ」

月花を医《い》す閑素《かんそ》幽栖《ゆうせい》の野巫《やぶ》の子有り

と、ある。

（なんと小難しい……）

「ふうむ……」

「読めるか？」

「読めはするが、やたらと漢字が多いなあ」

「それが近ごろの流行《はや》りなんだよ」

「ふうん」

文芸としての桃青俳諧は、のちに蕉風《しょうふう》と呼ばれるのだが、このころ、漢詩や荘子《そうし》の寓話を意識したものに変わりつつあったようだ。

「それにしても閑素幽栖というのは、其角さんとは相対するというか、黒白《こくびゃく》の差があるように思えるのだが」

「お。言うてくれるなあ。その意味が分かるのか」

「それくらいは分かるさ。俗世間を離れて、心静かに質素に暮らすってことだろう」

「こりゃあ驚いた。ただの無骨者だと思っていたが、学もあるんだな」

「茶化しても駄目だ」

「いやいや、お見それをした。じゃあ、この句をどう解する？」

「ふうむ」

しばし句を見つめ、

「さしずめ、こうだ。俗世間を離れて暮らし、人は診《み》ないで、月や花を診ている藪医者の子です、ってところかな」

「いやあ魂消《たまげ》た。勘兵衛さん、ひとつ本気で俳諧をやらねえか。なかなかに筋が良さそうだ」

「まっぴら、ごめんを被《こうむ》る」

其角と話していると、いつしか軽口が飛び出す勘兵衛であった。

4

其角から進呈された『桃青門弟独吟二十歌仙』を持ち帰って読んではみたが、途中で放り出してしまった。

やはり勘兵衛には、俳諧に興味が持てないようだ。

それとも、詩心がないのであろうか。

（書を読むのは、好きなのだが……）

などと、思いを連ねる勘兵衛であった。

稲葉家家老の田辺信堅が、松田役宅を再訪してきたのは、それから三日が経った四月十九日のことである。

「公方さま御饗応の件、昨日滞《とどこお》りなく、また過不足なく成し遂げることができました。また都右近の芸も見事で、公方さまはじめ、列席の面面も歓を尽くした様子にて、これひとえに落合どのの助力あってのこと、我が殿におかれても、重重に礼を伝えてくれとのことでございました」

ということで、礼の品だという袱紗《ふくさ》包みを押しつけるように勘兵衛に渡すと、早早に引き上げていった。

松田と勘兵衛が、松田役宅の玄関・式台に置かれた駕籠に乗って田辺が出ていくまでを見送ったのち、

「やれやれ。これで一安心じゃ。なんというても公方さまがらみじゃでな。実のところ冷や冷やしておったのじゃ」

「まことに……。わたしも胸を撫で下ろしました」

「あのような難題は、二度とごめん被りたいところじゃなあ」

松田と勘兵衛は、そんなことを話しながら執務室へと戻った。

「ところで、あの袱紗包みの中身はなんであろうかのう」

「さて、なんでございましょう」

木箱が入っているようだが、薄っぺらなものだ。

「おまえがもらったものだが、開けてみるか？」

「そうしましょう」

勘兵衛が袱紗を解くと桐箱で、特に箱書きはなさそうだ。

寸法はいうと幅は三寸五分（約十センチ）ばかり、長さが七寸（約二十一センチ）ほどで、幅は七分（約二センチ）見当の桐箱だ。

「ほう」

蓋を取るなり、松田の声が漏れた。

紺地の天鵞絨《ビロード》が敷き詰められた中で、黄金色が輝いている。

「慶長大判じゃな」

松田が言う。

「これが、ですか」

話には聞いていたが、勘兵衛には初めて見る代物《しろもの》だった。

「そうじゃ。わしは、どこぞの道具屋で見たことがある。ほれ、〈十両　後藤〉と墨書されて花押《かおう》があるじゃろう」

「ははあ、十両……」

「というて、普通に市場に出まわるものではない。だいたいが贈答品に使われたり、恩賞として下げ渡されたりするものじゃ」

「そうなのですか」

「一口に慶長大判と言うても、いろいろとあってな。いずれも幕府御用達の後藤家が鋳造、彫金したものじゃが、この鏨目《たがねめ》の荒さから案ずるに、これは明暦《めいれき》判であろうと思えるな」

「…………」

「明暦の大火のことは知っていよう」

「わたしが二歳のときのことですが、話には聞いております」

「あのときの大火は、江戸城の御金蔵にまで及んで、金銀が溶けてしもうた。それを再び鋳造して作り直したのが明暦判と呼ばれる大判なのじゃ」

「ははあ……」

「売り払うという手もあるが、まあ、家宝として持っておいてはどうじゃ」

「いや……いただいてもよいものでしょうか」

「おまえへの礼の品じゃ。遠慮は要らぬ。其角とやらへの礼金が五両だったそうじゃが、飛び抜けての額でもない」

「十両ですから、倍ですよ」

「額面はな。しかし売ろうとしたら、まあせいぜいが七両から八両というところかな」

「それは、また、どういうことでございましょう」

「ほれ、気づかぬか。この大判、我らが使う小判に比べて、見事な黄金色をしていると思わぬか」

「そういえば、そのような気もいたしますね」

「銅を混ぜてあるからじゃ。その分、金の嵩《かさ》が少ないということじゃよ」

そういうことになるのか。

まあ、元大老の稲葉さまから頂戴した大判であるから、家宝としても不思議はないが、箱書きがないゆえに、稲葉さまからの恩賞だという証拠もない。

それならむしろ、其角のように小判で貰ったほうが使いようがあったのに……と思わぬでもない。

(まあ、神棚にでも飾っておくか)

くらいに勘兵衛は考えている。

5

再び勘兵衛に、日常が戻ってきた。

江戸に到着して時日も経たぬうちに、ずいぶんとバタバタとした。

小満《しょうまん》(草木が周囲に満ちはじめる)の節気も過ぎて、江戸の町町には風が薫り緑が滴《したた》っている。

(あと、ひと月か……)

ひと月後の五月二十三日は、凜のお食い初めだ。

(さぞ、大きくなったであろうな)

娘の成長ぶりを思い描く。

お食い初めの二日後には、園枝と凜は、いよいよ国許を発って江戸に向かう。

江戸到着の予定は六月の八日前後……。

指折り数えては、つくづくと待ち遠しい。

だが、父になった、という実感は、まだまだ乏しい勘兵衛であった。

だが勘兵衛の短い平安は、わずかに三日ほどで破られることとなる。

それは、松平直堅家の西尾宗春と縣小太郎の二人が松田役宅を訪ねてきたことにはじまった。

二人が二人ともに、尋常ではない顔つきである。

「どうしました」

松田ともども対面した勘兵衛が尋ねる。

「はい。実は……」

まずは小太郎が、この七日、引っ越しの最中に汐見坂において、大八車が暴走して怪我人が出た一件を告げた。

「そりゃあ、また、おおごとであったのう」

と、松田が慰める。

対して西尾が言う。

「しかしながら、事は、いかにも面妖《めんよう》にて……。かく、ご相談に伺いました次第です」

「なに、面妖とは、どういうことじゃ」

「はい。有り体に申し上げますと……」

西尾は飯倉町の［かわらけ屋］という口入れ屋を通じて、日雇いの車力二人を手配したことからはじまり、事のあらましを縷縷《るる》申し述べた。

途中で松田が、

「なに。口入れ屋の亭主は、いっさい知らぬことと申すのか」

などと質問を入れたりしつつ、あらかたの事情は分かった。

松田が断じるように言う。

「どうやら、仕組まれたようじゃな。勘兵衛、どう思う」

「はい。わたしもそのように考えます」

すると西尾も、やや激した声で言う。

「もちろん我らも、罠《わな》に嵌《は》められたと考えてございます。しかしながら、証拠がございません」

「うーむ」

松田が腕を組み、

「して怪我人の……、越前福井藩の家士……檜垣というたか、その者の怪我の具合はどうなのだ」

「右肩の骨が砕けたと申しておりますが、いかにも疑わしいので、当方の医者に診立《みた》てさせてはもらえぬか、と申し入れたところ、疑っておるのかと立腹して話にならぬとのことでした。

最初は同じ御家門ゆえにと期待をしたのですが、思いますに、御本藩と我が殿との経緯からして、含むところあっての嫌がらせではないのか、と感じております」

勘兵衛と松田は、思わず顔を見合わせた。

越前福井藩の前藩主である松平昌親（今は元の昌明に戻している）は、やはり同門の、この越前大野藩にも仇なそうとしていたことは、松田たちだけが知っている。

松田が尋ねる。

「で、どうせよというのじゃ」

「骨が固まるまでは二月《ふたつき》はかかろうと思う。といって元どおりに完治するかどうかも不明ゆえ、償い金として二百両を要求しております」

「ふっかけたものじゃ」

松田も苦い顔になって、

「ところで、町奉行所に御用頼みはしておられるか」

「ようように、合力米《ごうりきまい》一万俵を賜わった貧乏所帯ゆえ、御用頼みなどは……いたしておりませぬ」

「そうであろうなあ」

大名は、南北両奉行所いずれかの吟味方与力に縁故をつけておき、事あるときに備えている。

これを御用頼みといった。

事は町なかにおいての事故だから、裁定を願うことも可能だ。

「我らは、北町の吟味方与力、中島兵三郎《なかじまへいざぶろう》どのに御用頼みをしておるが、御家のことで助力を願うのも、やや難しいでのう」

と言いつつ、また勘兵衛を見る。

対して勘兵衛は、分かってますよ、と小さく頷く。

御用頼みの先には、常日頃に付け届けをして、殿さま御参府の折には特産名物などの贈り物をするのが慣習で、松田は欠かさず慣習に従っている。

だが、問題は、そこではない。

北町の奉行だ。

北町奉行の島田守政《しまだもりまさ》は、ガチガチの酒井党、つまりは大老の腰巾着の一人であって、松平昌明とも繋がっている。

西尾の話に出てきた臨時廻り同心というのも、北町の所属。

つまりは、皆がグルになって、と類推できるのだった。

「まあ、とりあえずは……」

と勘兵衛が口を挟んだ。

「お話に出てきた人物の、役どころから特徴などなど、一人一人書き取ったうえで、今後の方策なりを探りたいと思います。いかがでしょうか、松田さま」

「それがよかろう。御苦労じゃが、この一件は勘兵衛にまかせよう。もちろん、わしも助力は惜しまぬでな」

と、いうことになった。

なんといっても縣小太郎は、勘兵衛が国許から江戸に連れてきて、松平直堅家に仕官させたという責任がある。

なんとしても、自分の手で解決させたかった。

吠える勘兵衛

1

勘兵衛は、文机を準備して筆を執った。

「まずは、飯倉町の口入れ屋のことから聞こう。店の名は［かわらけ屋］で、店主の名は蔵七であったな」

筆を走らせながら問うと、西尾が言う。

「蔵七もまた、謀《たばか》られた一人と思いますが……」

「分かっておりますが、万一、ということもございます」

人相などを聞き取り、書きつける。

「次は、［かわらけ屋］に偽番頭を送り込んだ者について伺いましょう」

「蔵七によると、北町の同心とともにきたのは、徳松という男で……」

芝松本町に住む岡っ引きらしいが、〈赤羽の徳〉との異名をとって、近隣で嫌われ者の小悪党らしい。

だが、近ごろはどこへもぐったやら、ずっと姿を消しているそうな。

一方、北町の臨時廻り同心である花木弥三郎は、たしかに実在したが、

「何度も足を運びましたが、役目柄のことゆえ話せぬ、の一点張りで、一向に埒《らち》があきません」

弱り果てた、といった口調で西尾が嘆いた。

それぞれの人相なども尋ねて、勘兵衛は記す。

「では、次に［かわらけ屋］に送り込まれた偽番頭について尋ねましょう。名は音吉でしたね」

「はい。背丈は五尺数寸（約一六〇チセン）ばかり。顴骨《かんこつ》が高く、金壺眼でございました」

これも書き込む。

続いて逃げた日雇い人足について尋ねると、これには小太郎が答えた。

名は、しんすけ、と、かつごろう、らしいが、どのような字かまでは分からないし、

もちろん、どこに居住するかも不明である。

人相だけは書き留めた。

「残るは、怪我をしたという福井藩の家士ですね」

すると、西尾が面目なさそうに答えた。

「名は檜垣丈太郎といいますが、あいにく拙者は会っておりません。檜垣との折衝役は、年寄役の竹島八三郎さまや井伊貞正さまたちが、手を替え品を替えて駆け引きをしておられます」

「なるほど。しかし、年のころとか、お役目とかは聞いておられませんか」

「ああ、それならば……。年のころは四十ばかり、越前福井藩の横目役《よこめやく》とは聞いております」

「下屋敷のほうでしたね」

「はい。霊岸島の……」

横目役は、家士の行動を監視して、賞罰を定め、不正を摘発する役目である。

「檜垣のことなら、わたしが見知っております」

と、縣小太郎。

「そうであったな。で、人相風体《ふうてい》はどうであった？」

「はい。背丈は五尺数寸ばかり、ひょろひょろっとした痩せぎすで、ええっと、どちらかといえば色白で、目は吊り目、そうそう唇の左端に黒子《ほくろ》がございました」

よく見ている。

勘兵衛は、それも書き留める。

（ほかに聞いておくことはないか？）

ないようだ。

勘兵衛は筆を擱いた。

松田が声をかける。

「西尾どの」

「はい」

「老婆心ながら、二つばかり助言したきことがある」

「謹んで承《うけたまわ》ります」

「まずは引っ越しの件じゃ。進んでおるのか」

「いえ、中断したままです」

「うむ。ところで不思議なのじゃが、引っ越しの件、なにゆえ割元の［千束屋《ちづかや》］政次郎に頼まなかったのじゃ。［千束屋］ならば、一日もあらば、ちょいちょいとすませたであろうにのう」

「ああ、その件ならば……」

西尾が言いよどむ。

「もしや政次郎が、おしず……、いや今は志津子さまか。それで遠慮をしたのではあるまいな」

「はあ……。まあ……」

おしずは松平直堅家に奉公に入ったのち、直堅の側室となって女児をもうけていた。

「そりゃあ、とんだ了見ちがいというものじゃ。直堅さまが、まだ権蔵といっていたころに、政次郎が損得抜きで権蔵を手助けしたことは、そのほうもよく知っておろう」

「それは……はい。なれど用人の仙石さまが、満姫さまの祖父にあたられるお方に、引っ越しなどという凡俗な力役《りきえき》をお願いするのは畏《おそ》れ多い、と言われまして……」

「そのような気兼ねなど、馬鹿馬鹿しいかぎりじゃが……。うーむ。というて、仙石どのの顔も立てねばなるまいのう」

松田は、しばし空を睨んでいたが、

「よし！」

と、一言。

「政次郎は、確かに志津子さまの実父だが、志津子さまの父親なら、もう一人おる」

「は？」

「知らぬか。体面のことも考えて、志津子さまは、我らが家の平川武太夫の養女となっておる」

「はて、それは初耳でございます」

西尾らには、そういった内内のことまでは知らされていなかったようだ。

「仙石さまにお伝えあれ。養女に関わることゆえに、養父の平川がお手伝いをいたします。引っ越しの件は一切合切《いっさいがっさい》を、おまかせあれとな」

「承知いたしました。まことにありがとうございます。肩の荷が下りた心地がいたします」

西尾は、深ぶかと頭を下げた。

「それから、いまひとつ。檜垣丈太郎とやらとの折衝のことじゃ」

「はい」

「聞いたかぎりじゃと、手を替え品を替えて再三、再四、交渉をしているようじゃが、所詮は無駄なことじゃ。なにしろ相手は悪意を持ってはじめたことにちがいはない。

つけあがらせるだけじゃ」

「はい」

「つまりは、ほったらかしにしておけばよい」

「向こうから、ねじ込んでくるのでありませんか」

「そのときは、そのとき。のらりくらりとすればよい。その間に、この勘兵衛が、なんらかの手を打つであろうよ。御重役の方がたに、その旨しっかりとお伝え願いたい」

「分かりました。しっかりと伝えます」

退去していく二人を、勘兵衛が玄関口まで見送った。

「まことに申し訳ございません」

縣小太郎が謝るのに、

「なに。おまえの責任ではない。気にするな」

力づけて、勘兵衛は見送った。

2

勘兵衛が執務室に戻ると、松田は勘兵衛が記した聞き書きを眺めていた。

「まあ、座れ」

「は」

「またまた、厄介ごとを抱え込んだなあ」

「仕方がございません」

「思うに、こたびの猿芝居、裏で糸を引いているのは、やはり昌親であろうなあ」

越前福井藩の前藩主、松平昌親のことである。

「今は元の昌明に戻っているそうです」

「そうらしいな。だが隠居とは名ばかりであろう」

「そのようですね」

昌親が隠居したのちの六代目藩主は綱昌というが、まだ十九歳と年若く、昌明が実質的な藩主であることはまちがいなさそうだ。

松田が、勘兵衛の書き付けの一点を指して言う。

「で、思ったのじゃが、この目明かしの徳松というのは、段落がつくまで関わりの屋敷に隠れているのだろうな」

「おそらくは、そうでしょう」

「また番頭に化けた音吉にせよ、日雇いの人足にせよ、すべては福井藩の家士たちと考えられる」

「同感です」

「と、なると、こりゃあ、なかなかに面倒じゃぞ。檜垣丈太郎は霊岸島の下屋敷と分かっておるが、ほかの者たちは下屋敷以外にも、浜町屋敷におるとも、市ヶ谷の中屋敷におるとも分からぬゆえに、探し出すのは至難の業《わざ》じゃ」

「そのようでございますな」

浜町屋敷とは、越前福井藩の上屋敷のことで、市ヶ谷の下屋敷は四谷伝馬町三丁目近く、尾州さま中屋敷の南にあった。

「呑気なやつだ。時を稼ぐにしても、あまり長引いても面倒じゃ。ここは一発、ぱぱっと片づく方策があるがなあ」

「さて、どのような？」

「おまえは大目付の大岡さまに、覚えがめでたい」

たとえば、ごねている檜垣に、大目付が睨みを利かせれば、恐れ入って引っ込むことは明らかだ。

しかし――。

勘兵衛は答えた。

「虎の威を借るナントヤラ、のような真似はいたしたくありません」

「そう言うと思った」

松田は頰を緩ませたが、すぐ真顔に戻って――。

「なにか方策はあるのか」

「まだ思いつきですが、檜垣丈太郎に的《まと》を絞ろうかと考えています」

「ほう」

「推測ではありますが、すべてが猿芝居ならば、檜垣の怪我も偽りのように思えます。大八車の暴走が仕組まれたものならば、たまたまその場に檜垣が出くわしたというのは、できすぎです。だいたい、赤坂溜池端の汐見坂に、なにゆえ檜垣がおったのか。いずれの江戸藩邸からも、あまりにかけ離れた場所でございましょう」

「なるほどのう。檜垣が怪我などしていなければ、すべては虚言《そらごと》という証拠になるわけじゃな」

「はい。それをどう証明するか、ですが、じっくり策を練りたいと存じます。で、とりあえずは町宿へ戻りたいと思いますが……」

「そういたせ。わしもな、これから武太夫に事情を明かして、政次郎のところへ向かわせるつもりじゃ」

ということになって、勘兵衛は松田役宅を出た。

露月町の町宿に帰る途次、大名小路《だいみようこうじ》に出たあたりで、

（ふむ！）

勘兵衛の足は、はたと止まった。

（檜垣の怪我が虚偽だと証明する、とは言ったけれど……）

なまなかなことではない。

なにしろ、今の勘兵衛には手足がない。

（ならば……）

などと考えつつ歩いていた勘兵衛の脳裏に、一人の男が浮かんだのだ。

（瓜《うり》の仁助《にすけ》……）

回向院《えこういん》の香具師《やし》から身を起こし、本庄奉行所から手札を受けて、向島は本庄（のち本所）と深川の両地区を、一手に引き受ける親分になっている。

本庄奉行所は、本庄と深川を管轄し、民政や道路や橋に水路などを管理する役柄で、町奉行所のようなものだ。

それゆえ［瓜の仁助］は、町奉行所における岡っ引きのような存在である。

勘兵衛よりひとつ歳上の二十六歳ながら、今や二十名を超える手下を擁する大親分ともいえた。

（よし）

［瓜の仁助］に協力を頼もう、と決めた勘兵衛の足は大名小路を北に進み、新橋を渡ったのちは三十間堀《さんじっけんぼり》に沿って北上した。

現代だと、銀座八丁目から一丁目に向けてといったほうが分かりやすかろうか。

それはともかく、まず目指すは〈三文渡し〉であった。

〈三文渡し〉は霊岸島から深川介左衛門町《かいざえもんちょう》（のち深川佐賀町《さがちょう》）への渡し船で、〈深川の大渡し〉とも呼ばれている。

名のとおり、船賃は三文であった。

霊岸島は霊岸島新堀（現日本橋川）で南北に二分されている。

渡し場があるのは北側、北新堀河岸の大川べりだった。

三十間堀町の河岸では、瀬取りの茶船や荷足船《にたりぶね》が荷を下ろしている。

そんな光景を眺めつつ歩を進めていると、正午を報せる鐘が鳴った。

（どこかで昼飯を食わねばならぬな）

ついでに、土産の菓子折も求めねばならない。

目探しをしながら進んでいくと、三原橋袂に粟おこし屋があって、ここで土産物を買った。

目についた一膳飯屋で昼餉もとる。

そんなこんなののち、ようやく〈三文渡し〉で深川に着いた。

このあたり、勘兵衛には土地勘がある。

というより、目と鼻の先の二郎兵衛町《じろべえちょう》は、永らく勘兵衛の宿敵であった山路亥之助が隠れ住んでいたところだ。

やはり、感慨深いものがある。

大川に沿って北上していくと、小名木川《おなぎがわ》にぶつかり太鼓橋が架かる。

向こう岸に、かつて川船番所が置かれていたことから、〈元番所の橋〉と呼ばれているが、やがて万年橋《まんねんばし》が正式名となる。

勘兵衛が知る由もないが、その元番所のあたりが、これより半年ちょっと先に、出家した桃青が隠棲する庵《いおり》（芭蕉庵）を結ぶところであった。

さらに進むと、安宅丸《あたけまる》御船蔵があり、やがて竪川《たてかわ》に出る。

この竪川の向こうが本庄地区で、［瓜の仁助］宅は本庄側、二ッ目之橋袂の近くにあった。

（三年ぶりになるか……）

ひょんなことから妻敵討ちに関わった勘兵衛が、妻敵である絵師が本庄にいると突き止めて、仁助親分に協力を求めたとき以来だった。

3

幸いに仁助は在宅し、勘兵衛が故由《ゆえよし》を告げると、

「分かりやした。お手伝いさせていただきやす」

快諾したのち、こう言った。

「実は、霊岸島には［重ね銀の親分］というお人がおりましてね。親しくさせていただいておりやす」

「［重ね銀の親分］ですか」

「へい。本名は銀《ぎん》右衛門《えもん》といいなさるんだが、本職は霊岸島銀《しろがね》町《ちょう》二丁目にある

「井筒屋」という下り酒問屋の旦那でね。銀町の銀右衛門なんで、「重ね銀の親分」と呼ばれているのさ」

「なるほど」

下り酒問屋というからには、大店であろう。

大店の主が岡っ引きというのも珍しいが、神田多町《たちょう》にある山葵《わさび》問屋「伊勢長《いせちょう》」の旦那が岡っ引きも務めているという例を、勘兵衛は知っている。（第八巻：惜別の蝶）

仁助が続ける。

「さっぱりした気性の親分で、なにより霊岸島のことは、隅から隅まで知っていなさる。で、その「重ね銀の親分」に協力をしてもらおうと思うんだが……」

「しかしなあ……」

少しばかり気がかりがあった。

「なんといっても、相手は越前福井藩の家来だから……商売上の都合も絡んで……手出しがしにくいのではなかろうか」

なにしろ福井藩の下屋敷は三万坪ほどもあって、霊岸島南側の半分ほどを占めている。

「なんの、なんの……」

　仁助は、右手をひらひらと横に振る。

「親分さんは、そんなことにびびるお方じゃねえ。なにより、御家の恥にもなろうから、詳しく伝えることもねえ。その檜垣丈太郎ってえ侍《さむれえ》が、知人に難癖をつけて困っている、くれえなことで、すませちゃあどうです」

「それで動いてくれようか」

「おそらく大丈夫でござんしょう。さっそくでなんだが、あっしは、きょうにも「重ね銀の親分」さんのところに行って、話をつけてこようと思うんですがね」

「それは、すまぬな。わたしも一緒のほうがよいか」

「いえ、勘兵衛さんは、話がついたあとということで。そうさなあ。明日のご予定はおありですかい」

「いや。特にはない」

「では、こういたしましょう。親分との掛け合いの結果は、今日じゅうにはお知らせいたしますんで、話がうまくまとまりましたなら、あしたご一緒いたしましょう」

「承知しました。では露月町にてお待ちします」

「じゃあ、あっしは、これから辰蔵《たつぞう》を呼びにやらせますんで、お先にお戻りくだせえ」

「よろしく頼みます」

辞去をした。

辰蔵は、仁助とは少年時代からつるんでいる一の子分で、近ごろ所帯を持って近所に住んでいるという。


翌、四月二十四日のことである。

中食《ちゅうじき》をすませたあと、勘兵衛は露月町の町宿を出た。

向かうは霊岸島である。

昨晩も遅くになって、仁助の子分である辰蔵が訪ねてきて言うには、

「例の件、[重ね銀の親分]さんが快くお引き受け下さいました。つきましては、明日の八ツ（午後二時）どきに、霊岸島新堀に架かる湊《みなと》橋までお越し願えませんか、とのことです。へい、仁助親分と、あっしがお待ちしておりやす」

という次第であった。

それで勘兵衛が頭を悩ましたのが、[重ね銀の親分]への土産である。

相手が下り酒問屋の主だから、角樽の酒というわけにはいかないし、菓子折というのでは、少しばかり貧弱にも思える。

といって、現金というのも気が引けた。

（よし！）

右から左へとなるが、稲葉さまから頂戴した、例の慶長大判にしようと決断した。

贈答品として使われるそうだから、失礼にもあたるまい。

それで、神棚から下ろして袱紗に包み、懐深く押し入れた。

服装は華美にならぬよう紺色無地の着流しとし、地味な裏付《うらつけ》草履を履いて塗笠をつける。

笠をつけたのは、万万一の用心のためだ。

まさかとは思うが霊岸島で、檜垣丈太郎とすれちがわないとはかぎらない。

面体《めんてい》を覚えられないためだった。

八丁堀の茅場河岸を左手に見ながら進むと、大番屋前だ。

さらに進むと霊岸橋があって、それを渡ると霊岸島に入る。

地勢としては、水路の十字路であった。

渡りきった先に、霊岸島新堀に架かる橋が見える。

それが湊橋だ。

橋袂に仁助と辰蔵の姿があったが、勘兵衛が塗笠を被っているため、まだ気づかない。

そこで勘兵衛は、塗笠を少し上げて右手を挙げた。

すると仁助も右手を挙げる。

「お待たせしましたか」

「なんの。まだ八ツ（午後二時）の鐘も聞こえねえ。とりあえずはめえりましょうか」

案内するように辰蔵が先に立ち、三人は南新堀河岸に沿って進む。

最初の三叉路の角に、釘鉄銅物問屋の［伊坂屋《いさかや》］があって、そこを右に曲がる。

仁助が言う。

「この先に新川に架かる二ノ橋がありやして、そいつを渡ったあたりが銀町二丁目でさあ」

銀町一丁目、二丁目は下り酒問屋が軒を連ねるところなので、水運のための入り堀が新川であった。

上方で造られた酒は酒樽に詰められ、菱垣廻船《ひがきかいせん》で江戸に向かい品川《しながわ》沖に碇泊する。

そして酒樽は、伝馬船《てんません》に積み替えられたのち大川を遡って陸揚げされ酒問屋の蔵に入るのだった。

4

［重ね銀の親分］こと［井筒屋］銀右衛門は白髪交じりの五十がらみ、とても岡っ引きを裏稼業にしているとは思えぬ温厚な人柄に見えた。

一通りの挨拶を終えたあと、銀右衛門が言う。

その間に、八ツ（午後二時）の鐘も聞こえている。

「きのう仁助親分からお話を伺いましたあと、さっそくに、檜垣なる人物について調べてみました」

「それは、ありがとうございます。なにか分かりましたか」

まだ一日足らずなので、勘兵衛は期待せずに尋ねた。

豈図《あにはか》らんや――。

「子分が言うに、うらなりの瓢箪《ひょうたん》みたいに、ひょろりとした腰細で、目が吊り上がり唇のところに黒子《ほくろ》があった、と……。その御仁でまちがいはございませんか」

「はい。まさに、そのとおりの人相だと聞いております。それにしても、こんなにも早く……」

驚きつつ答えた。

「越前さま御屋敷は広いことは広いが、勤番に中間《ちゅうげん》を加えても七十人足らずでございますからね。子分が馴染みの門番に尋ねたところ、すぐに分かりましたよ。で、いろいろと聞き込んだところ――」

福井藩下屋敷の御門前から少し北の東湊町二丁目に［恵比寿屋《えびすや》］という店がある。朝と昼は一膳飯屋で、夜は一杯飲み屋に早変わりする店で、近隣の船頭や荷役《にやく》人足たち以外にも、越前屋敷の勤番侍に利用されているそうだ。

「で、門番によると、檜垣は酒好きのようで、同輩たちと連れだって、毎晩のように［恵比寿屋］に通っていると聞きまして――」

銀右衛門の子分は、檜垣が出てきたら教えてくれ、と門番に頼んで御門前を見張った。

「そろそろ日暮れが近いころ、三人連れの勤番が出てきた。うち一人は晒《さらし》の布で右手を首から吊っていた。それが檜垣だと門番に教えられ、あとを追うと［恵比寿屋］に入ったそうで――」

(そうか。晒で右手を吊っていたか)

はたして、ほんとうに右肩の骨が砕けているのか。

（それとも、用心かもしれぬ）

　勘兵衛が思いを巡らすうちにも、銀右衛門の話は続く。

「子分も、あとに続いて［恵比寿屋］に入った。檜垣がどのように箸を使うのか。もし晒が目くらましならば、と考えたそうですが、残念ながら三人連れは二階座敷に上がったそうで、確かめることはできなかったそうです」

「それは残念」

　そんなところに席を外していた辰蔵が入ってきて、銀右衛門に向かってなにやら頷く。

　対して、銀右衛門も小さく返す。

（はて……）

なにごとであろうかと勘兵衛は思ったが、辰蔵は何食わぬ顔で仁助の横に座った。

　銀右衛門が続ける。

「念を入れ、店の女将に尋ねたところ、檜垣は毎朝、飯を食いにきて、夜には酒というのが習慣らしゅうございますから、当面は見張らせていただきますよ」

「よろしくお願いを申し上げます」

「はい。はい。実は他にも搦《から》め手がございましてね。案外、こちらのほうが有望かもしれませんよ」

「と、言いますと？」

「これも門番からの聞き込みですが、檜垣は、かなりな蕎麦《そば》好きのようでございましてな」

「はあ」

「越前さま御屋敷の北に〈円覚寺屋敷《えんかくじ》〉というのがございます」

〈円覚寺屋敷〉は、正式には銀町四丁目続《つづき》円覚寺屋敷といって、早い話が御府内八十八ヶ所の十三番札所である円覚寺の門前町のことだ。

「そこに［中川《なかがわ》］という蕎麦屋があるのですが、檜垣は三日と上げず、その蕎麦屋に通っているそうなのです」

「ふうむ」

思わず、勘兵衛の期待が高まった。

「門番の話によりますと、檜垣は昼は蕎麦と決めているようで、それも、八ツ（午後二時）の鐘が鳴るのを待っていたように御門を出て、［中川］に向かうのだそうです」

「そうなのですか」

「ということで、どうでした？　辰蔵さん」

話を振られた辰蔵が言う。

「へい。野郎が蕎麦屋に入った、と文吉《ぶんきち》さんが知らせてめえりやした」

文吉というのは、おそらく銀右衛門の子分であろう。

再び銀右衛門が話を引き取る。

「お聞きのとおりです。［中川］は追込《おいこみ》の衝立仕切りの店ですが、どんなふうに蕎麦をたぐるかくらいは見えましょう。おっつけ、子分が知らせてまいりましょう」

（そうか。そういうことだったのか）

そのときになって勘兵衛は気づいた。

仁助が、きょうの待ち合わせ時間を八ツ（午後二時）と指定したわけだ。

すべての段取りは、きのうのうちにつけられていたということだ。

やがて勘兵衛たちのいる座敷に、一人の男が入ってきて言う。

「肩を痛めているなんて、とんでもございません。あの野郎、晒から手を抜いて、ずるずるっとたぐっておりましたよ」

「痛がっている様子は、ありませんでしたか」

思わず勘兵衛が尋ねると、

「ございませんね。蕎麦を前に、晒から手を抜くと、両手を挙げて伸びをしたくらいです」

これで、檜垣丈太郎の怪我は、まったくの虚偽だということが分かった。

勘兵衛は［重ね銀の親分］に礼を述べ、一旦は引き上げることにした。

さて――。

と勘兵衛は思案する。

檜垣の被傷は虚言と分かった。

では、どうするか。

蕎麦を食っているところに踏み込んで、詰問することはできる。

だが、ちょっとした騒ぎにはなろう。

できれば、避けたい方法であった。

なにか、良き方策はないものか。

なかなかに思いつかなかった。

5

翌朝——。

いつものように、勘兵衛は庭で真剣の素振り稽古をおこない、朝食の膳についた。

食膳に並ぶ総菜は、飯炊きの長助爺が煮売り屋から買ってきたものだ。

まずくはないが、なにやら侘びしい。

(早く園枝が戻らぬものか)

食事のたびに、そんなことを思う。

(ん……)

甲高く、けたたましい犬の声がする。

それが、いつまでも続く。

隣家の、ちんころのようだ。

(異変でもあったか)

勘兵衛が席を立とうかと思ったとき、

「ちょいと様子を見てきます」

台所から出てきた長助が、

「ときどきございますのさ。たいがいは、野良犬がちょっかいを出しましてねえ」

と言いつつ玄関に向かった。

ほどなくして、犬の声は収まった。

戻ってきた長助が言う。

「やっぱり、迷い込んできた野良がおりましたんで、追っ払ってやりました。弱い犬ほどよく吠えるというやつですかねえ」

「そういうことか」

答えた勘兵衛だが、次にはなにかが過《よぎ》って、つい箸が止まった。

(なんであったか?)

長助が言った、弱い犬ほどよく吠える、のせりふに反応したように思えたが……。

思い出した。

幼少のころに、父が言ったことだ。

――獣が獣に吠えるのは威嚇のためだが、その本心はこうなのだ。ほんとうは、おまえと戦いたくはない。そう思って吠えるのだ。

と――。

（ふむ）

威嚇か。

閃いた。

（ひとつ、吠えて見せようか）

そう思いついたのである。

朝食を終えた勘兵衛は、再び［瓜の仁助］を訪ねることにした。


その翌日のこと――。

勘兵衛は、仁助の子分の辰蔵と二人、霊岸島は〈円覚寺屋敷〉の蕎麦屋［中川］に入った。

［中川］は一段高い十畳ほどの板の間全体に籐筵が敷かれており、客が好きな場所に座るという形式になっていた。

いわゆる追込席だ。

勘兵衛たちが入り口近くに座ると、小女が衝立を立てようとした。

「いや、衝立は要らぬ」

断わって、ざる蕎麦を注文する。

「そろそろですかね」

ゆっくりと蕎麦をたぐりながら辰蔵が言う。

つい先ほどに八ツ（午後二時）の鐘が聞こえた。

そんな時刻だから、客は勘兵衛たち以外には一人だけだった。

やがて腰高障子が開き、小袖に半袴《はんばかま》姿の武士が入ってきた。白布で右腕を吊っている。

（あやつか……）

小太郎や、［重ね銀の親分］が言ったとおりの人相である。

檜垣は、ちらりと勘兵衛を見たようだが、素知らぬ顔で箸を動かした。

「いちばん奥の、どん詰まりのところに座りましたぜ」

目だけで追っていた辰蔵が言う。

「衝立は？」

「へい。立ってやす」

「そうか」

とっくに蕎麦は食い終わっていた。

しばらくして、辰蔵が言う。

「今、ざるが二枚も運ばれやした。二枚も食うとは、よほどの蕎麦好きだ」

「そろそろかな」

「そろそろじゃあ、ござんせんか」

頃合いを見て腰を上げ、脇差しと、愛刀の埋忠《うめただ》明寿《みようじゆ》を腰に差しながら奥を確かめる。

低い衝立だから一目瞭然、檜垣はたしかに右手で箸を操っている。

ぎこちなさは感じられない。

勘兵衛たちは、[中川]を出た。

出て右手、一町（約一〇〇メートル）足らずのところに河岸地がある。

越前堀に面する将監《しようげん》河岸だ。

「じゃあ、頼んだぞ」

辰蔵に声をかけ、勘兵衛は河岸のほうへ歩んだ。

きょうの勘兵衛は、塗笠はつけていない。面体を隠す必要はなかった。

堀を行き来する、さまざまな船を眺めるふうで、勘兵衛は待った。

小半刻（三十分）とかからず、[中川]から檜垣が出てきた。

それに近寄り、辰蔵が声をかけている。

二人して、こちらに向かってきた。

勘兵衛は数歩を歩んで、三叉路の取っ付きに立った。

「拙者になに用か」

口を開いたのは、檜垣のほうだった。

対して勘兵衛が、

「檜垣丈太郎どのでござるな」

気迫を込めた声音で確かめる。

その間に、辰蔵は檜垣の後ろに回り込んでいる。

これでもう、檜垣は逃げられない。

「いかにも。して、そのほうは？」

着流し姿の勘兵衛を軽輩と踏んでか、横柄《おうへい》な口調で言う。

「落合勘兵衛と申す者」

ずずっと間を詰めて、左手で檜垣の右肩をつかんだ。

「な、なにをする！」

檜垣が身をよじって、勘兵衛の手から逃れた。

痛がる様子はない。

勘兵衛はからかうように言い放った。

「ほう。右肩の骨は砕けていないようだな」

「なに？　さ、さては……」

ようやくに檜垣は、なにかを悟ったようだ。

対して勘兵衛が言う。

「お立ち合い願おうか」

「なに？」

「お立ち合い願おうと申しておる」

言うなり、埋忠明寿の長剣をすらりと抜いて、大上段にかざす。

「待て。おい、待て」

と言いつつ、檜垣は白布から腕を引っこ抜き、刀の鞘を払って青眼《せいがん》に……。

しかしながら、ひょろりとした体つきは刀の重みに負けて、刃先がゆらゆらと揺らいでいた。

「話にならぬな」

言うなり勘兵衛は、ぶんと刃唸りをさせたあと、埋忠明寿を腰に納めた。

檜垣は刀を構えたまま、震えている。

勘兵衛は最後に吠えた。

「もう、小細工はやめよ。まだ続けるようなら、今度こそ立ち会いを願うことになる」

「しょ、承知した」

「では、行かれよ」

檜垣は刀を納め、白布で腕を吊ることもせず、すごすごと退散した。

（これで、終わればよいが……）

一抹の不安が残らないではないが、あの檜垣なら、重ねて松平直堅家に言いがかりをつけることはなかろう、と勘兵衛は思う。

石火《せっか》の変

1

事の顚末を、松田には包み隠さず報告したが、松平直堅家に対しては、檜垣丈太郎の一件は片づいたので、ご放念下さいとのみ知らせて、

「万一にも、檜垣から、なにか言ってくるようなら、直《ただ》ちにお知らせ下さい」

と、言い置いた。

それから、四日経ち、五日経っても、直堅家からなにも言ってこない。

あれで、すんだのかもしれない。

すでに月替わりをして、五月に入っている。

伊波の仮屋敷も、完成に近づいていた。

「今は、藤も盛りじゃろうな」

松田がのんびりした声で言う。

「そういえば、小石川の龍門寺で藤が咲きはじめておりました。今ごろは真っ盛りでしょうね」

「藤といえば、やはり亀戸《かめいど》天満宮じゃ。それは見事なものじゃぞ。心字《しんじ》の池というのがあっての。その水が紫色に染まるのじゃ」

「一度は見たいものです」

「そうじゃなあ。このところ、おまえには、いろいろ苦労をかけたでなあ。ひとつ遊《ゆ》山《さん》といこうか。なに、竪川を船で行き来すれば日帰りで行ける」

実は勘兵衛、もう六年も昔になるが、その亀戸天満宮の、すぐ近くまで行ったことがある。

勘兵衛に〈残月の剣〉という秘剣を伝授してくれた故百笑火風斎《どうめきかふうさい》が、孫の龍平《りゅうへい》と猿江村に暮らしていたからだ。

幕府の年中行事として、月次《つきなみ》御礼というのがある。

在府の大名が江戸城に上り、将軍にご挨拶をする、という行事だ。

この五月には、まず一日《ついたち》にあって、これはもうすんでいる。

三日には端午《たんご》のご祝儀として将軍に、時服《じふく》と帷子《かたびら》を献上するのが恒例だ。

これは江戸留守居、すなわち松田の役目で、明日江戸城に持参する予定になっている。

そして五月五日の端午の御祝いがあり、その次が十五日の月次御礼がある。

「端午の祝いが終わってのちのことにしようかの」

松田は、すっかりその気になっているようだ。

五月五日がきた。

六ツ半（午前七時）近く、松平直明の乗物は、国家老の斉藤利正や伊波利三、塩川七之丞はじめ、多くの供侍を列として愛宕下の江戸屋敷を出た。

登城の刻限は五ツ（午前八時）と決められている。

だが、この日、江戸城に上がった松平直明は、ずいぶんと早く江戸屋敷に戻ってきた。

しかし、そのことを江戸留守居役宅内にいた松田も、勘兵衛も知らずにいた。

「松田さま」

執務室の襖ごしに、用人の新高陣八の声がかかり、襖が開く。

「塩川七之丞さまが、お見えです」

「なに。塩川がか」

松田が怪訝《けげん》な声を出し、勘兵衛を見た。

江戸屋敷小姓組頭の七之丞は、殿の供をして江戸城に入ったはずだ。

今朝の見送りで、勘兵衛はたしかにその姿を見た。

勘兵衛も首を傾げた。

「通してくれ」

松田が言い、やがて塩川七之丞が入ってきた。

「お耳に入れておいたほうがよかろうかと思い、かく罷《まか》り越しました」

開口一番に七之丞が言い、続けた。

「実は、家綱公におかれましては御上座なく、御重役たちに謁見しただけで、そのまま解散となりました」

「ふうむ。御不例であられるのかのう」

将軍が、このところ体調がすぐれずにいることは、折折に耳にしている。

「気がかりなのは、四日前の月次御礼のときも同様であったことです」

「なに、その日も公方さまは、表に渡御《とぎょ》なされなかったのか」

「さようで」

松田は、うーむと唸ったのち、

「さすれば、そうとうにご病状が重いと見なければならぬようだのう」

松田が言い、塩川によく知らせてくれたと礼を言う。

塩川が辞去したのち、

「これで当面、御重役たちへの饗応は見合わせなければならぬな」

「そういうことになりますね」

幕府の動きを知る、最大の情報源であった稲葉正則が老中から大政参与になったのち、幕閣の面面を接待して誼《よしみ》を通じておこう、との計画を進めていたのだが、宙づりになりそうだ。

さて、大名屋敷の正門脇には番所が設けられていて、夜中でも寝ずの番がいる。

この番所、五万石以上では門の両脇に設けることと、決められていた。

従って愛宕下の越前大野藩邸にも、庇屋根付きの番所が二つある。

その日も深更になって、こつこつと早駆けの蹄《ひづめ》の音がしたと思ったら、陣笠を被った武士がひらりと降り立ち、

「御使番の村瀬《むらせ》伊左衛門《いざえもん》である。御上意のことこれあり、早早に取り次がれたい」

と番所に声をかけた。

使番の役目は種種あるが、命令伝達という役目もある。

ただし、こうした深更の訪問は異例のことである。

さあ、大変とばかり宿直《とのい》の番人は、江戸家老役宅や江戸留守居役宅に走り、開門をする。

例を見ないことなので、江戸屋敷は騒然となった。

で、その命令とは、明六日の五ツ（午前八時）どきに登城せよというものだった。

露月町の町宿にいた勘兵衛のもとに、松田の若党である新高八郎太が、これを伝えにきた。

すわ、一大事とばかり、勘兵衛は支度もそこそこに松田役宅へと急いだ。

「どういうことでしょう」

「うむ。使番の話では、すべての大名へのお触れだというから、格別の心配はないのじゃがのう」

「もしや。公方さまが……」

お隠れになったか、とのことばは飲み込む。

「いや。いっときは、わしもそのようなことを考えたのじゃが、ちと様子がちがう」

「…………」

「先の大猷院《たいゆういん》さまが崩じられたのは、三十年ばかり前のことじゃが――」

大猷院とは三代将軍家光《いえみつ》の諡号《しごう》である。

松田が遠い目になって続けた。

「このような招集は、なかったかに記憶する。もっとも――」

黙考しているらしく、話が途切れた。

「大猷院さまにおかれては病を得て、政務を家綱さまに譲っておられたからのう。ちいっとばかり事情がちがうというものじゃ。なにしろ家綱さまにはお世継ぎが決まっておらぬ。なにやら、とんでもないことが出来《しゅったい》しているかもしれぬのう」

勘兵衛も、想像がつかない。

「ま、明日、殿が城下がりしてくれれば分かることじゃがなあ」

「それは、そうでしょうが……」

やはり気になる。もどかしいばかりだ。

「それより勘兵衛、今夜はここに泊まらぬか」

「そうさせて、いただきましょうか」

「そうしろ。酒でも飲んで、ぐっすり眠ろう」

と、いうことになった。

2

時間を少し遡《さかのぼ》らせて、舞台を江戸城に移そう。

江戸城本丸内、将軍の居室に近い〈中の間〉は、大老、老中、若年寄の詰所として使われ、〈御用部屋〉とも呼ばれる。

五月五日、登城してきた大名たちが引き上げたのちに、徳川御三家《ごさんけ》の当主に、大老、老中の六名が集まった計九名で、〈御用部屋〉において協議がはじまった。

家綱の病状が重くなったので、お世継ぎを決めておこう、というのが目的であった。

将軍家綱は四十歳にして、世継ぎがなかったのである。

会談の進行役は大老の酒井雅楽頭忠清で、まずは自分の存念を述べた。

「かつて鎌倉幕府の直系が絶えた折、天皇家より将軍を迎えた古例に倣《なら》い、将軍家とも血縁関係にある有栖川宮幸仁親王をお迎えしたいと考える」

その血縁関係というのは、二代将軍であった徳川秀忠の娘の和子《かずこ》が後水尾《ごみずのお》天皇に嫁ぎ、有栖川宮親王が後水尾天皇の孫であることを指しているらしい。

しかしながら、有栖川宮の母が和子ではなく、藤原隆子《ふじわらたかこ》であったことを思えば、いささか牽強付会《けんきようふかい》の感もある。

　さらに大老は続けた。

「皆様ご承知のごとく、お満流《まる》の方におかれては、上様の御胤《おたね》を宿しておりますが、未だ男児とも女児とも知れず、めでたく男児が出生の暁には、将軍の座を明け渡していただかねばなりませぬ。いわば繋ぎの将軍職ともお考え下さい」

　と熱弁をふるう。

　すでに会談に参加の面面は、かねてより大老の持論を知ってもいたし、なにより下馬《げば》将軍とも仇名される、比類なき権勢も恐れていたから、誰一人として反論する者はいないはずだった。

　ところが——。

「おそれながら——」

　と、声をあげたのが新参の老中、堀田備中守正俊であった。

「そもそも御神君の定めおかれた御掟《おんおきて》に、我が子孫、世継ぎがなければ御三家の子孫を立てよとございます。しかるに、なにゆえわざわざ天皇家より御世継ぎを迎える必要がございましょうか。

　ましてや上様には、弟君であられる綱吉公が健在でございます。すなわち御世継ぎには綱吉公を立てるのが、理にかなうものと考えます」

と、真っ向から反論した。

すると——。

「それはそうじゃ。備中守の言うこと、もっともである」

と、水戸徳川家の徳川光圀が賛成し、尾張徳川家の徳川光友《みつとも》と、紀州徳川家の徳川光貞《みつさだ》も、これに同調した。

だが、堀田老中以外の老中は、ただただ無言であった。

結局、この日の会談ではなにも決まらぬまま散会となっている。

ここから堀田老中の、電光石火の行動がはじまる。

老中たちが城下がりしたのちも、堀田はひとり御用部屋にとどまっていたが、表坊主を呼んで城内に留まっている使番を呼んだ。

やってきたのは、有馬《ありま》宮内《くない》であった。

宮内に対して堀田は、

「子細はのちのこととして、できるだけ多くの使番を集め、連絡あるまで詰所にて待て」

との指令を発した。

使番の詰所とは、菊の間《ま》南御襖際席である。
そののち堀田老中は、将軍家綱が臥す御寝所に向かった。
御世継ぎについて、家綱を説得しようというのであった。
幾ばくの時間が流れただろうか。
説得は成功している。
堀田老中の手には、家綱が自ら書いた書面があった。
こういうものである。

此書付の段一たんもっともにて候
かやうにいたし候様可申事
　要不書付
備中守方へ

簡略にいえば――。
世継ぎについては堀田正俊の思うようにしてよい。
と書かれていたのである。

こうして蝟集《いしゅう》した使番たちに、在府の大名家に対し、明六日の五ツ（午前八時）に登城せよとの命《めい》を発したのだ。

そののち堀田老中は、さらなる行動に出る。

3

館林《たてばやし》宰相、松平綱吉の江戸上屋敷は外桜田の日比谷堀《ひびやぼり》沿いにある。

日もとっぷりと暮れて夜も更けたころ、江戸城から使番がきて奉書を下された。

奉書は、将軍の命《めい》を受けて下した文書のことで、そこには将軍家綱が火急の御召しである旨が書かれ、使番も急《せ》かしに急かす。

それで綱吉は支度もそこそこに、江戸留守居の曽我周防守裕興《そがすおうのかみひろおき》一人を供に、江戸城へ向かった。

そのあとを、殿が登城したと聞いた家老の牧野備後守成貞《まきのびんごのかみなりさだ》が、取るものも取りあえず追いかけて、ようやく大手門手前で追いついた。

なにゆえの御召しか分からず、三人が三人ともに不安であった。

というのも、松平綱吉は酒井大老と不仲であったことだ。

分からないといえば、もうひとつ分からぬことがある。

曽我が言う。

「奉書には、堀田備中守さまの署名しかございませんでした」

「なんと……」

牧野家老は首を傾げた。

普通、奉書には老中たちが連名で署名する。

一人だけの署名など異例のことだった。

そうこうするうちに江戸城に入り、案内された先は黒書院であった。

江戸城中奥《なかおく》にもっとも近い書院で、めったには足を踏み入れることのできない場所である。

「供の方はここまで、綱吉さま、お一人でお入り下さい」

案内の士が、中奥の入り口のところで言った。

だが、不安を覚えた牧野家老は、聞こえぬふりで殿に従おうとする。

「御居間近うございます。なにとぞ、お控えを下さいますよう」

案内の士が、牧野家老の袖をつかんで引き留めようとする。

そんな悶着が起こりかけたとき、中奥への襖が開いた。

姿を現わしたのは、堀田老中である。

牧野家老の側に近寄り、小声で言った。

「ご慶事でござる。心配なされますな」

ようやく牧野家老も引き下がった。

堀田老中に従い、兄である家綱と対面した綱吉は、家綱の養子にするとの証しの書面を与えられたのである。

4

翌六日、江戸城大広間に集まった諸大名に、家綱の世継ぎに、館林宰相綱吉が決まったことが発表されて、どよめきが起こった。

松平直明が愛宕下の屋敷に戻り、そのことを聞いた松田が言う。

「いや、驚いた。どのような仕掛けになっているのかのう」

舞台裏を、松田や勘兵衛は知らない。

「いずれにせよ、どんでん返しじゃな。こりゃあ愉快じゃ。これで酒井も終わりだな」

笑いを滲ませて言う。

「そう、なりましょうか」

越前大野藩にとっては、天敵のような酒井大老だが、その老獪《ろうかい》さはあなどれない。なんとしても生き残りを図るのではないか、と勘兵衛は危惧した。

「なるともさ。すぐとは言わぬが、いずれ旧悪が次次と暴露されて罷免は必定じゃや。落暉《らっき》（落日）のごとく落ちていくじゃろう」

（そうすると……）

勘兵衛は、ほかのことに思いを馳せている。

おそらくは、越前福井の前藩主であった松平昌明が画策したと思える小太郎の災難のことだ。

酒井大老が力を失っていくとすれば、昌明も、これ以上の強戯《こわざ》れには及ぶまい、と思っている。

翌七日には、松平綱吉が家綱の養子として江戸城二ノ丸に入って、徳川綱吉を名乗る。

その翌日に家綱が亡くなり、有職の幕臣たちは多忙を極めた。

松田や勘兵衛たちも同様である。

五月十日には、在府の大名たちがこぞって二ノ丸に入り、綱吉公に挨拶をした。

だが、正式の将軍宣下《せんげ》までは、さまざまな手続きが必要であった。

そんなこんながあって、松田と勘兵衛の亀戸天満宮への遊山は、露と消えてしまったのであった。

［筆者註］

一　本稿の江戸地理に関しては、延宝七年［江戸方角安見図］（中央公論美術出版）および、御府内沿革図書の［江戸城下変遷絵図集］（原書房）によりました。

一　桃青の神田上水総払いが終了するのは、実際には延宝八年六月のことですが、物語の都合上、これを四月に繰り上げたことを付記します。

時代小説

二見時代小説文庫

落暉《らっき》の兆《きざし》　無茶《むちゃ》の勘兵衛《かんべえ》日月録《じつげつろく》20

著者　浅黄《あさぎ》 斑《まだら》

発行所　株式会社 二見書房
東京都千代田区神田三崎町二-一八-一一
電話　〇三-三五一五-二三一一［営業］
〇三-三五一五-二三一三［編集］
振替　〇〇一七〇-四-二六三九

印刷　株式会社 堀内印刷所
製本　株式会社 村上製本所

落丁・乱丁本はお取り替えいたします。
定価は、カバーに表示してあります。

ISBN978－4－576－19061－7
https://www.futami.co.jp/

浅黄 斑

無茶の勘兵衛日月録 シリーズ

越前大野藩・落合勘兵衛に降りかかる次なる難事とは…著者渾身の教養小説《ビルドゥンクロマン》の傑作!!

以下続刊

①山峡の城
②火蛾《かが》の舞
③残月の剣
④冥暗《めいあん》の辻
⑤刺客の爪
⑥陰謀の径《みち》
⑦報復の峠
⑧惜別の蝶
⑨風雲の谺《こだま》
⑩流転の影
⑪月下の蛇
⑫秋蜩《ひぐらし》の宴
⑬幻惑の旗
⑭蠱毒《こどく》の針
⑮妻敵《めがたき》の槍
⑯川霧の巷《ちまた》
⑰玉響《たまゆら》の譜《ふ》
⑱風花の露
⑲天空の城
⑳落暉《らっき》の兆

地蔵橋留書

①北瞑の大地
②天満月夜《あまみつきよ》の怪事《ケチ》

二見時代小説文庫

麻倉一矢

剣客大名 柳生俊平

シリーズ

以下続刊

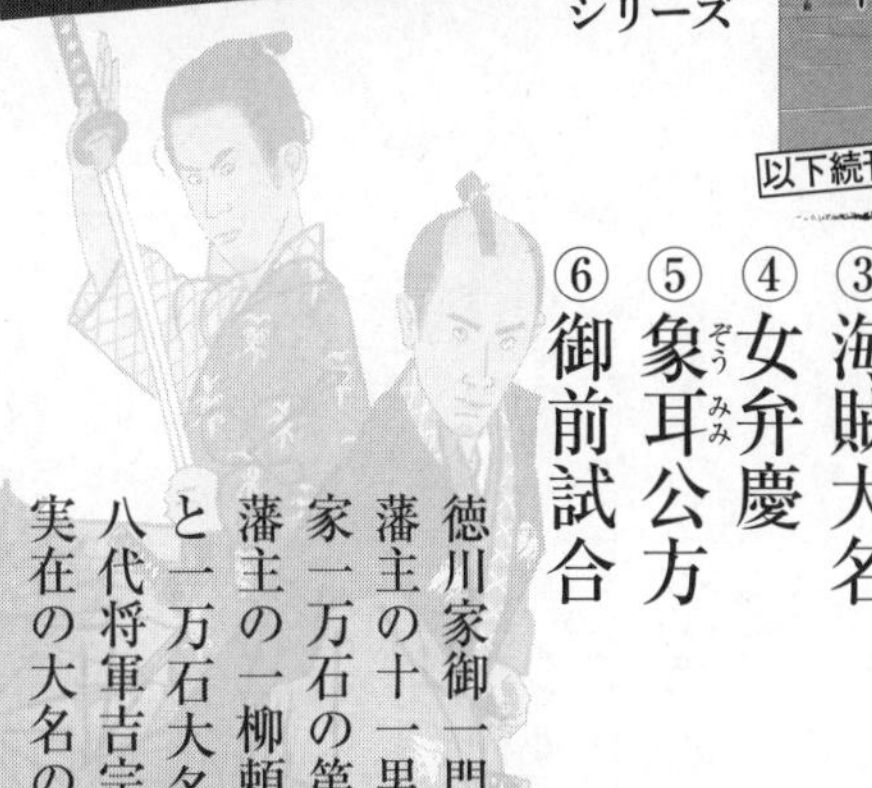

① 剣客大名 柳生俊平 将軍の影目付
② 赤鬚の乱
③ 海賊大名
④ 女弁慶
⑤ 象《ぞう》耳《みみ》公方
⑥ 御前試合
⑦ 将軍の秘姫《ひめ》
⑧ 抜け荷大名
⑨ 黄金の市
⑩ 御三卿の乱
⑪ 尾張の虎
⑫ 百万石の賭け

徳川家御一門である久松松平家の越後高田藩主の十一男は、将軍家剣術指南役の柳生家一万石の第六代藩主となった。伊予小松藩主の一柳頼邦、筑後三池藩主の立花貫長と一万石大名の契りを結んだ柳生俊平は、八代将軍吉宗から影目付を命じられる。実在の大名の痛快な物語！